Luzie Bosch

Sunshine Ranch

Tori und die verschwundene Stute

„Luzie Bosch“ ist das Pseudonym von Gina Mayer,
die bereits eine Vielzahl an Romanen für Kinder, Jugendliche und Erwachsene veröffentlicht hat. Ihre Werke wurden u. a. für den Deutsch-Französischen Jugendliteraturpreis und den Hansjörg-Martin-Preis nominiert und mit dem Leipziger Lesekompass ausgezeichnet. Bevor sie mit dem Bücherschreiben begann, studierte sie Grafikdesign und arbeitete als Werbetexterin. Heute lebt Gina Mayer mit ihrer Familie in Düsseldorf.

Luzie Bosch

SUNSHINE RANCH

Tori und die verschwundene Stute

Ravensburger Buchverlag

Als Ravensburger Taschenbuch
Band 54453
erschienen 2015

MIX
Aus verantwortungsvollen Quellen
FSC® C114500

Aktionsausgabe

Postfach 1860, 88188 Ravensburg
Umschlaggestaltung: Maria Seidel unter Verwendung eines Fotos
von plainpicture/cultura/Stefanie Grewel

Printed in Germany
ISBN 978-3-473-54453-0

www.ravensburger.de

Inhalt

Ferienpläne

Lehrer. Wenn es Wesen auf der Welt gab, die vom richtigen Leben keine Ahnung hatten, dann waren es Lehrer.

„Alle, die zwischen zwei Noten stehen, erarbeiten bitte ein Referat", hatte Toris Geschichtslehrer Herr Pleger drei Tage vor den Osterferien verkündet. „Und damit ihr über die Ferien keine Langeweile bekommt, verteile ich jetzt schon mal die Themen."

Tori, die zwischen Zwei und Drei stand, bekam ein Referat über das antike Griechenland aufs Auge gedrückt. „Aber ich komm in den Osterferien bestimmt nicht dazu, das vorzubereiten!", protestierte sie.

„Fährst du weg?" Herr Pleger musterte sie misstrauisch über den Rand seiner Lesebrille.

Nein, Tori fuhr nicht weg, sie würde beide Ferienwochen zu Hause verbringen.

„Na, dann hast du doch Zeit", schlussfolgerte Herr Pleger.

So ein Idiot! Wenn Tori wie die anderen weggefahren wäre, in ein Ferienhaus nach Italien oder in einen Club auf Mallorca oder zu ihren Großeltern, *dann* hätte sie Zeit gehabt, sich mit den alten Griechen und ähnlichem Schwachsinn auseinanderzusetzen. Aber sie blieb zu Hause. Und das bedeutete, dass sie rund um die Uhr beschäftigt sein würde.

„So ein Mist!“ Sina, die neben Tori saß, hatte ein Referat über das Römische Reich abbekommen.

„Bitte, was?“, fragte Herr Pleger.

„Nichts“, sagte Sina.

„Dann ist es ja gut“, meinte Herr Pleger. Danach verteilte er die Termine, an denen die Referate gehalten werden sollten. Tori und Sina waren gleich am zweiten Schultag nach den Ferien dran.

„Der spinnt ja wohl“, murmelte Tori.

Sie hatte in den Osterferien wirklich Besseres vor, als im Internet und in der Bibliothek für die Schule zu recherchieren! Tori und Sina verbrachten nämlich jede freie Minute als Pferdemädchen auf der Sunshine Ranch, genau wie Myriam, Ayla, Juliana und Hannah aus ihrer Klasse. Als Pferdemädchen trug man die Verantwortung für ein Pflegepferd, man fütterte, putzte und ritt es, man mistete seine Box aus und führte es abends von der Weide in den Stall. Während der Schulzeit radelten die Mädchen jeden Nachmittag und am Wochenende auf die Ranch, in den Ferien trafen sie sich dort nach dem Frühstück und blieben bis zum Abendessen. Die anderen Mädchen aus ihrer Klasse gingen nachmittags zum Shoppen, ins Kino oder ins Freibad. Die sechs Pferdemädchen hatten keine Zeit für so etwas.

„Nervt dich das nicht manchmal?", hatte Silvie Tori neulich gefragt.

„Quatsch!", hatte Tori entgegnet. „Ich hab doch alles auf der Ranch. Freunde, Spaß, Abwechslung, sogar Sport. Was will man mehr?"

Silvie hatte nur den Kopf geschüttelt. Sie verstand Tori einfach nicht, ebenso wenig wie Herr Pleger, der immer noch vor Toris und Sinas Tisch stand.

„Ist alles klar bei euch?", fragte er.

Tori und Sina nickten im Gleichtakt. Nichts war klar, aber es machte ja keinen Sinn zu widersprechen.

„Bin ich froh, dass ich auf einer glatten Drei stehe!", meinte Hannah in der Pause. „Ein Referat vorzubereiten, darauf hätte ich in den Ferien echt überhaupt keinen Bock."

„Danke für den Kommentar", sagte Tori. „Genau das hat mir jetzt gefehlt!"

„Sorry", murmelte Hannah und biss in ihren Apfel.

„Ich will auf jeden Fall eine Drei in Geschichte", verkündete Sina. „Ich hab meiner Mutter versprochen, dass ich mich in den Nebenfächern verbessere."

„Ach. Und was heißt das?", fragte Tori. „Willst du die Ranch sausen lassen und dich ganz auf das blöde Referat konzentrieren?"

„Quatsch. Aber ich muss ein bisschen kürzertreten. Vielleicht kann eine von euch Janko mitversorgen. Hin und wieder mal."

Tori verdrehte die Augen. „Wie stellst du dir das vor?", fragte sie. „Wir haben doch schon genug zu tun. Und ich muss ja auch noch mein eigenes Referat vorbereiten."

„Dich hab ich ja gar nicht gefragt", fauchte Sina. „Und außerdem hab ich ‚hin und wieder mal' gesagt. Hörst du mir nicht zu?"

Typisch, dass Sina gleich in die Luft ging! Früher waren sie und Tori die besten Freundinnen und einfach unzertrennlich gewesen, aber in letzter Zeit lief es gar nicht mehr rund zwischen ihnen. Sie stritten sich wegen jeder Kleinigkeit. Vermutlich lag es daran, dass Sina seit ein paar Monaten mit Viktor zusammen war, der Tori nicht ausstehen konnte. Bestimmt hetzte Viktor Sina gegen Tori auf.

„Ich helf dir gerne, Sina", sagte Hannah ruhig.

„Danke." Jetzt lächelte Sina. „Ich red auch mit Viktor. Der packt in den Ferien sicher mit an."

„Vielleicht schreibt er dir auch gleich noch dein Referat", stichelte Tori. „Dann musst du dir um deine Drei überhaupt keine Sorgen mehr machen."

Sina antwortete nicht. Sie tat einfach so, als hätte sie nichts gehört.

„*That's simply impossible!*", schrie Sue in ihr Mobiltelefon. „*Do you hear me? Impossible!*" Sie legte auf, ohne sich zu verabschieden. Einen Moment lang schien sie versucht, das Handy im hohen Bogen in das Gehege zu werfen, in dem die beiden Hängebauchschweine Horst und Klothilde gerade ein Schlammbad nahmen. Aber stattdessen steckte sie es in ihre Jeans und seufzte resigniert.

„Alles in Ordnung, Sue?", fragte Tori. Wenn die Ranchbesitzerin ausrastete, ließ man sie besser in Ruhe, das wussten die Pferdemädchen aus Erfahrung. Aber Sue schien auf einmal gar nicht mehr wütend, sie sah eher traurig aus.

„Das war meine Schwester", sagte sie. „Ach, es ist zum Verrücktwerden."

„Was ist denn passiert?", erkundigte sich Hannah, die ebenfalls näher getreten war. „Schlechte Nachrichten von zu Hause?"

„Kann man wohl sagen." Sue fuhr sich mit beiden Händen durch die wilde, rotblonde Mähne. „Meine Mutter ist ziemlich krank."

„Das tut mir leid", sagte Tori.

„Und ausgerechnet jetzt fährt meine Schwester in Urlaub. Dabei hatten wir abgesprochen, dass sie so lange in Sacramento bleibt, bis ich hier einen Verwalter gefunden habe und rüberfliegen kann."

Sue war Amerikanerin. Bevor sie die Sunshine Ranch

vor einigen Jahren gekauft und nach ihren Vorstellungen umgebaut hatte, hatte sie in Los Angeles gelebt. Als erfolgreiche Hollywood-Schauspielerin war sie in vielen Filmen aufgetreten, aber dann hatte sie ihre Karriere von einem Tag auf den anderen an den Nagel gehängt. „Das Filmbusiness hat mich fertiggemacht“, hatte sie Tori kürzlich erst erklärt. „Vornerum tut jeder zuckersüß, aber sobald du dich umdrehst, stoßen sie dir ein Messer in den Rücken. Nee, ich hatte die Schnauze voll davon.“

„Was hat deine Mutter denn?“, fragte jetzt Sina, die inzwischen ebenfalls auf dem Hof angekommen war.

„Sie hat vor Kurzem eine neue Hüfte bekommen. Wenn sie aus der Reha nach Hause kommt, braucht sie natürlich noch eine Menge Hilfe im Haushalt. Das sollte am Anfang meine Schwester übernehmen, bis ich einspringen kann. Aber nun hat Sally plötzlich ihre Meinung geändert. Jetzt will sie unbedingt nach Hawaii. Montag geht ihr Flieger.“

„So ein Mist.“

„Das kannst du laut sagen. Dabei weiß Sally genau, dass ich hier nicht alles stehen und liegen lassen kann. Ich brauch doch jemanden, der mich auf der Ranch vertritt. Wenn wenigstens Robert hier wäre! Aber der muss ausgerechnet jetzt zu einem Fotoshooting nach Prag.“

„Montag, sagst du?“, fragte Tori. „Das ist doch perfekt.“

„Was ist daran perfekt?“ Sue wirkte genauso verständnislos wie Sina und Hannah.

„Am Samstag fangen die Osterferien an. Da können wir uns doch um alles kümmern.“

„Ihr?“, fragte Sue ungläubig. „Wie soll das denn gehen?“

„Das frage ich mich allerdings auch“, sagte Sina.

Auf diese Bemerkung hatte Tori nur gewartet. So war es nämlich immer: Wenn Tori eine Idee hatte oder einen Vorschlag machte, dann schoss Sina auf der Stelle quer. *Das funktioniert doch nie im Leben, das ist viel zu kompliziert, das klappt bestimmt nicht.* Aber Tori ließ sich schon lange nicht mehr auf Sinas Bedenken und Einwände ein. Im Gegenteil, inzwischen spornte sie Sinas Widerspruch richtig an.

„Wir sind zu sechst“, sagte sie. „Und jede von uns kennt sich hier aus. Das schaffen wir doch mit links.“

Das war übertrieben, das war ihr selbst klar. Die Sunshine Ranch zu managen, war alles andere als ein Kinderspiel. Aber was wäre das Leben ohne Herausforderungen? Total langweilig.

Sue war natürlich skeptisch. „Du darfst das alles hier nicht unterschätzen, Tori. Es sind ja nicht nur die Pferde, die versorgt werden müssen. Die übrigen Tiere machen auch eine Menge Arbeit.“

Die übrigen Tiere, das waren die beiden Hängebauchschweine, die Ziege Ilka, Esel Fritz und eine Unmenge an Gänsen, Enten und Hühnern. Und natürlich Washington, ein riesiger Neufundländer, der jeden Tag Berge von Hundefutter vertilgte und trotzdem ständig hungrig war.

„Ist schon klar." Tori nickte. „Aber wir haben doch Ferien. Und wenn wir alle mit anpacken, dann schaffen wir das auch."

Sina öffnete den Mund, um zu widersprechen, aber jetzt fuhr ein schwarzer Mercedes mit verdunkelten Scheiben auf den Hof. Ein großer Mann im Anzug schob sich aus dem Fahrersitz und klappte sich dabei richtiggehend auseinander.

„Frau Mirador?", fragte er, als er Sue erblickte.

„Herr Müller. Den hab ich ja vollkommen vergessen", murmelte Sue. Ihr Gesicht verfinsterte sich. Während sie auf den Mann zuging, wurden ihre Lippen ganz schmal.

„Müller", wiederholte Hannah, während Sue und der Fremde im Büro verschwanden. „Was ist das denn für ein Typ?"

„Vielleicht wieder ein Bewerber?", mutmaßte Sina.

Sue suchte seit Monaten nach einem Verwalter für die Sunshine Ranch. Aber bisher hatte sie niemanden gefunden, der auch nur im Entferntesten ihren Vorstellungen entsprochen hätte.

„Weil du einfach Unmögliches erwartest", sagte Robert, Sues Freund, der gleichzeitig auch ihr Exmann war. „Du suchst einen Superman, der sich mit Tieren auskennt, deine Buchhaltung macht und am besten auch noch auf der Ranch mit anpackt. So einen Typ gibt es nicht.“

„Na, der Kerl sieht nicht so aus, als hätte er schon mal einen Pferdestall von innen gesehen“, meinte Tori abfällig. „Der macht sich doch nicht mit Tieren die Finger schmutzig.“

„Muss er ja auch nicht als Verwalter“, sagte Sina. „Und man sollte nicht nach dem Äußeren gehen.“

Tori verdrehte die Augen. Egal was sie sagte, Sina war einfach immer anderer Meinung.

„Meintest du das wirklich ernst, dass wir uns alleine um die Ranch kümmern könnten?“, wechselte Hannah das Thema.

„Warum nicht? Sind doch nur zwei Wochen.“

„Hm.“ Hannah rieb nachdenklich ihre Stupsnase. „Ich würde Sue liebend gern helfen.“

„Sag ich doch.“

„Bevor wir irgendwas beschließen können, müssen wir erst mal mit den anderen reden“, bestimmte Sina.

Getönte Scheiben

„Es wird garantiert nicht einfach“, sagte Myriam. „Aber irgendwie kriegen wir das schon hin.“

Die sechs Pferdemädchen saßen in Albertos Eisdiele am Marktplatz und tranken Milkshakes. Auch Viktor, der in der Eisdiele jobbte, hatte sich für einen Moment zu ihnen an den Tisch gesetzt.

„Ich werd in den nächsten Wochen ziemlich viel im Eiscafé gebraucht“, sagte er. „Aber wenn es irgendwie geht, helf ich euch auf der Ranch.“

„Das ist nett“, antwortete Ayla. „Also, ich glaube, wenn wir alles gut organisieren und die Aufgaben verteilen, dann klappt das super.“

„Wir brauchen einen genauen Plan“, gab Myriam zu bedenken. „Wer übernimmt was? Also zusätzlich zum eigenen Pflegepferd.“

„Ich würde mich um die Hängebauchschweine kümmern“, bot Juliana an.

„Und ich mich um die Hühner und Gänse“, sagte Hannah.

„Ich kümmere mich um Ilka“, sagte Ayla.

„Und ich übernehme Washington“, meinte Tori.

„Toll“, sagte Sina. „Der macht ja nun wirklich keine Arbeit. Der schläft doch den ganzen Tag.“

„Und Becky und Fritz“, ergänzte Tori, ohne Sinas Einwurf zu beachten. Die Haflingerstute, die sich mit Esel Fritz einen Außenstall teilte, war trächtig und würde in den nächsten Wochen ihr Füllen zur Welt bringen. Die Geburt wurde von allen mit großer Spannung erwartet. Bisher hatte sich Becky wie eine Mutter um Fritz gekümmert, seit er als Eselsfüllen auf die Ranch gekommen war. Nun fragten sich natürlich alle, wie Fritz auf Beckys erstes eigenes Fohlen reagieren würde.

„Dann kümmere ich mich auch noch um Harlekin“, bot Myriam an.

„Und ich übernehme Maxim“, erklärte Viktor. „Ich schaff es vielleicht nicht jeden Tag, ihn auszureiten, aber ich tu mein Bestes.“

„Bleibt nur noch Dakota“, sagte Tori. „Wer versorgt Dakota, solange Sue weg ist?“

Alle sahen Sina an, die bisher als Einzige keine Aufgabe übernommen hatte.

„Nee“, meinte diese tonlos. „Nicht Dakota. Das geht auf keinen Fall.“

Die anderen nickten hastig. Vor einem halben Jahr war es auf der Ranch zu einem furchtbaren Zwischenfall gekommen, bei dem Sina von Sues nervösem Colorado Ranger fast zu Tode getrampelt worden wäre. Im allerletzten Moment war sie aus seiner Box befreit worden. Nun blieb sie immer auf Distanz zu dem großen Hengst.

„Vielleicht findet sich ja auch eine andere Lösung für Dakota", überlegte Tori. „Ich meine, es gibt doch Höfe, die Pferde zur Pflege aufnehmen, während die Besitzer im Urlaub sind."

„Wenn wir Dakota für zwei Wochen weggeben, ist er hinterher noch verstörter als jetzt", gab Ayla zu bedenken.

„Wenn du dich um Maxim kümmerst, Sina, dann übernehme ich Dakota", bot Viktor schließlich an. „Ich mach seine Box sauber und bring ihn auf die Weide und so weiter. Aber ich werde ihn nicht reiten, dass das klar ist."

Sina legte dankbar ihre Hand auf die seine.

„Muss Liebe schön sein", spottete Tori.

Kaum dass die Worte raus waren, ärgerte sie sich über sich selbst. Warum sagte sie so was, wo sie doch genau wusste, wie viel Überwindung dieses Angebot Viktor kostete? Auch er hatte schlimme Erfahrungen mit Sues Pferd gemacht. Im letzten Sommer hatte er einen schweren Reitunfall mit Dakota gehabt.

„Du bist doch nur neidisch", gab Sina zurück. Ihre Finger umschlossen Viktors Hand noch fester.

„So ein Blödsinn." Tori warf den Kopf zurück und

stand auf. „Die Rechnung bitte!“, rief sie laut in Richtung Theke. „Wo bleibt denn die Bedienung? Also, was ist das eigentlich für ein mieser Service hier!“

„Ihr seid einfach …“ Sue war sprachlos, als die Pferdemädchen ihr am nächsten Nachmittag den Plan überreichten. Vorne hatten sie genau aufgelistet, wer welche Aufgabe übernehmen wollte, auf der Rückseite hatten alle unterschrieben. „Ich weiß gar nicht, was ich sagen soll.“

„Sag nichts“, meinte Tori. „Buch lieber schnell den Flug und pack deinen Koffer. Um die Ranch musst du dir keine Gedanken machen. Wir schaukeln das Baby schon.“

„*That's just wonderful*“, sagte Sue. „Aber …“

„Nichts aber“, sagte Tori. „Du fliegst, wir kümmern uns um den Rest.“

Sue schüttelte den Kopf. Nachdenklich kringelte sie eine Strähne ihrer rotblonden Locken um den Zeigefinger. „Ich hätte überhaupt keine Bedenken, wenn nur Becky nicht trächtig wäre. Ihr Fohlen kann jeden Tag auf die Welt kommen. Ich kann sie doch jetzt nicht alleinlassen.“

„Ach komm!“, meinte Myriam. „Wenn es losgeht, rufen wir Dr. Knopfler. Der hat doch schon Hunderte von Fohlen auf die Welt gebracht.“

„Und wenn es nachts anfängt?“

Tori und die anderen wechselten einen schnellen Blick. Da hatte Sue Recht, dieses Problem hatten sie bisher übersehen.

„Es sind doch Ferien“, überlegte Tori. „Da kann immer eine von uns hier übernachten. Als eine Art Feuerwehr.“

„Hm.“ Sue ließ die Haarsträhne von ihrem Finger gleiten und kaute stattdessen an ihrem Zeigefingernagel. „Wenn ich wenigstens einen Verwalter hätte. Ich hätte nie gedacht, dass es so schwer ist, jemanden für den Job zu finden.“

„Was war das eigentlich gestern für ein Typ?“, wollte Ayla wissen. „Wieder ein Bewerber für die Stelle?“

„Nein“, sagte Sue. „Der wollte was anderes.“ Von einer Sekunde auf die andere verspannte sich ihr Körper und ihr Gesicht wurde streng und hart.

„Was denn?“, erkundigte sich Tori.

„Nichts. Also, jedenfalls hat er nicht bekommen, was er wollte. Ach, ist ja auch egal.“

Die Mädchen wechselten einen verwunderten Blick.

Normalerweise hätte Tori so lange weitergebohrt, bis sie alles über den Fremden in Erfahrung gebracht hätte, aber im Moment gab es Wichtigeres. „Verwalter hin oder her. Wir sind zu sechst, wir kennen uns mit Pferden aus, wir schmeißen den Laden hier“, sagte sie ein wenig ungeduldig.

Sue nagte an ihrer Unterlippe. „Erst müssen eure Eltern damit einverstanden sein. Außerdem müsst ihr mir versprechen, dass ihr Dr. Knopflers Nummer immer bei euch tragt. Jede von euch. Damit ihr ihn jederzeit erreichen könnt. Wenn die Geburt anfängt, müsst ihr Fritz sofort aus dem Außenstall nehmen. Wer weiß, wie er auf das Füllen reagiert. Vielleicht wird er eifersüchtig und versucht, dem Kleinen etwas anzutun. Es wäre am besten, wenn wir ihn jetzt schon umquartieren."

„Aber das haben wir doch bereits versucht", wandte Ayla ein.

Sue nickte nachdenklich. Vor einer Woche hatten sie Fritz schon einmal in den Stall zu den anderen Pferden gebracht. Der Esel war so unglücklich darüber gewesen, dass er ununterbrochen nach Becky geschrien hatte. Auch die trächtige Stute hatte aus Trauer über die Trennung kein Futter mehr angerührt und so gut wie nichts getrunken.

Irgendwann waren alle so zermürbt von Fritz' Gebrüll, dass Sue ihn wieder in den Außenstall zurückgeführt hatte. Becky hatte ihr Ziehkind so überschwänglich begrüßt, als sei es gerade dem Metzger entkommen.

„Es wird alles gut gehen", sagte Juliana. „Wirklich, Sue, du kannst dich auf uns verlassen."

„Du wirst sehen, die Zeit in Amerika vergeht wie im Flug, und wenn du zurückkommst, ist hier alles ganz genau wie vorher", versprach Sina.

„Oder besser", sagte Tori.

Sina nickte euphorisch. Es war seit Langem das erste Mal, dass sie und Tori einer Meinung waren.

„Also gut“, sagte Sue. „Einverstanden.“

„Würde mich nicht wundern, wenn Sue doch nicht geflogen ist“, sagte Juliana, als die Mädchen und Viktor am Sonntagmorgen zusammen zur Ranch radelten.

Am Tag zuvor hatte Sue sie mit ihren Zweifeln und Bedenken fast zum Wahnsinn getrieben. „Und was ist eigentlich, wenn …“, hatte sie immer wieder aufs Neue angefangen. „Was macht ihr, falls …?“

„Wenn sie nicht weg ist, fessle und knebele ich sie und schlepp sie eigenhändig zum Flughafen“, drohte Tori.

Aber glücklicherweise erwartete sie nur Robert auf der Sunshine Ranch. „Meine Güte, ich dachte wirklich, sie kneift“, erklärte er. Unter seinen Augen lagen schwarze Schatten. Wahrscheinlich hatten Sue und er in der letzten Nacht kaum geschlafen. „Hier, das soll ich euch noch geben. Mit schönen Grüßen.“

Er reichte Ayla eine lange Liste mit Telefonnummern, den Namen von Ansprechpartnern und Verhaltensregeln.

„Notruf: 110. Feuerwehr: 112“, las Ayla laut vor. Empört ließ sie das Blatt sinken. „Wofür hält Sue uns? Jedes Kindergartenkind kennt die Nummern.“

„So ist sie eben.“ Robert seufzte und gähnte gleichzeitig. „Leute, ich muss nun leider los. Mein Flieger geht in drei Stunden. Seid ihr sicher, dass ihr hier zurechtkommt?"

„Nun fang du bloß auch noch damit an!", sagte Tori finster. „Natürlich kommen wir zurecht. Worauf wartet ihr noch?", wandte sie sich an die anderen. „An die Arbeit! Heute Nachmittag ist Kinderreiten, vorher müssen die Pferde auf die Weide und sämtliche Boxen sauber gemacht werden." Während sie redete, sah sie Washington über den Hof trotten, die Nase dicht am Boden. Vielleicht suchte er Sue. Oder etwas zu fressen. „Und Washington muss gefüttert werden." Als er seinen Namen hörte, änderte der Neufundländer sofort die Richtung und kam zu ihnen herüber. Direkt vor Toris Füßen ließ er sich auf den Boden fallen. „Seht ihr? Er ist schon ganz kraftlos vor Hunger."

Die Mädchen kicherten.

Washington schloss gekränkt die Augen und vergrub die Schnauze zwischen den Vorderpfoten.

Um elf Uhr waren die Pferde auf der Weide und der Stall sauber. Selbst mit Dakota hatte es keine Probleme gegeben. Der Colorado Ranger hatte sich wie ein zahmes Schoßhündchen von Viktor aus der Box führen lassen.

„Das war ja einfacher als gedacht." Viktor lächelte erleichtert. „Und zur Belohnung reiten wir jetzt aus."

Mit *wir* meinte er natürlich Sina und sich selbst, schon klar. Auf die Idee, Tori zu fragen, ob sie mitkommen wollte, kam er gar nicht.

„Und was ist mit dem Kinderreiten?“, fragte Tori empört. „Ich hab keine Lust, alles alleine …“

„Bis dahin sind wir doch längst zurück“, unterbrach Sina sie. „Reg dich nicht auf.“

Hand in Hand marschierte sie mit Viktor zur Sattelkammer, ohne sich noch einmal nach Tori umzudrehen. Kurz darauf galoppierten sie auf Janko und Maxim vom Hof.

Tori blickte auf ihre Uhr. Bis zum Kinderreiten am Nachmittag, bei dem man für zwei Euro ein paar Runden im Roundpen drehen konnte, war es tatsächlich noch eine Weile hin.

„Hat irgendjemand von euch Lust auf einen Ausritt?“, erkundigte sie sich beiläufig bei den anderen.

Aber Ayla musste noch Ilka füttern, Juliana wollte nach den Hängebauchschweinen sehen, Hannah hatte die Hühner noch nicht versorgt und Myriam musste nach Hause.

„Zum Kinderreiten bin ich wieder da. Aber wenn ich am Wochenende nicht pünktlich zum Mittagessen erscheine, rastet mein Vater aus.“

Tori seufzte. Alleine ausreiten machte keinen Spaß. Also beschloss sie, die Zeit zum Reittraining zu nutzen. Vor zwei Wochen hatte Sue ihr von einem Reining-Turnier erzählt, das kurz vor Pfingsten in Düsseldorf stattfinden würde. Wenn sie fleißig trainierte, schaffte sie es ja vielleicht, sich dafür zu qualifizieren. In letzter Zeit hatte sie sich wirklich verbessert. Sina dagegen hatte bestimmt keine Chance. Sie verbrachte die ganze Zeit im Gelände mit Viktor und trainierte so gut wie gar nicht mehr.

Tori übte eine Dreiviertelstunde lang Galoppwechsel, Rückwärtsrichten und Spinning. Normalerweise liebte Tibor das Training. Besonders den Spin, bei dem er sich mehrmals auf der Hinterhand drehen musste, beherrschte er im Schlaf. Aber heute verweigerte er die Übung. Erst beim dritten Anlauf drehte er sich einmal im Kreis und trabte dann weiter. Toris Unlust hatte sich auf ihn übertragen.

Entnervt gab Tori auf. Es hatte keinen Sinn, sie konnte das Training genauso gut abbrechen.

Als sie Tibor in den Stall führte, stand der schwarze Mercedes mit den getönten Scheiben wieder auf dem Hof. Derselbe Wagen, den sie schon vor zwei Tagen auf der Ranch gesehen hatte. Aber wo war der Typ im Anzug, der vorgestern mit Sue gesprochen hatte? Und vor allem: Warum war er schon wieder hier? Beim letzten Mal hatte er nicht bekommen, was er wollte, hatte Sue gesagt. Doch was hatte er gewollt?

Tibor schnaubte ungeduldig und zog am Halfter. Er

wollte zu den anderen Pferden auf die Weide. Aber Tori zögerte. Sie reckte den Hals. Nicht nur von dem Anzugmann fehlte jede Spur, auch die anderen Mädchen waren nirgendwo zu sehen. Hatte denn keine bemerkt, dass ein Besucher auf die Ranch gekommen war?

Jetzt trottete Washington um die Hausecke. Als er Tori und Tibor sah, kam er schwanzwedelnd auf sie zugetrabt. Den fremden Wagen beachtete er gar nicht.

„Du bist vielleicht ein toller Wachhund“, murmelte Tori.

Washington wedelte noch begeisterter.

Sie spähte am Stallgebäude vorbei. Ob der Mann zur Pferdeweide gegangen war?

„Hallo“, sagte jemand direkt hinter ihr.

Mit einem kleinen Aufschrei fuhr sie herum. Sogar Washington schreckte zusammen und bellte.

Der Typ im Anzug stand einen Meter von ihr entfernt. Begütigend hob er beide Hände.

„Entschuldige. Ich dachte, du hättest mich gehört. Ich wollte dich nicht erschrecken. Ist schon gut.“

Die letzten Worte waren an Washington gerichtet, der sofort wieder zu wedeln begann. Jetzt ließ er sich von dem Typ sogar zwischen den Ohren kraulen. Obwohl er ihn doch gar nicht kannte. Dummer Hund.

„Was wollen Sie?“, fragte Tori feindselig.

„Ich suche Frau Mirador.“

„Die ist nicht da.“

„Und wann kommt sie wieder?“ Der Mann räusperte sich. „Es ist wichtig.“

„Sie ist im Urlaub.“

„Oh. Das ist schade. Wie lange ist Frau Mirador denn verreist?“

„Keine Ahnung“, entgegnete Tori brüsk. Das geht Sie ja wohl gar nichts an, hätte sie fast hinzugefügt. Aber das war dann doch zu unfreundlich, also schluckte sie die Bemerkung hinunter.

Der Mann zögerte.

Vielleicht sagte er ja die Wahrheit und es war wirklich wichtig.

„Zwei Wochen oder so“, schob Tori widerwillig nach.

Tibor scharrte ungeduldig mit den Vorderhufen.

„Ich muss das Pferd trocken reiben, sonst erkältet es sich“, sagte Tori. Dabei war Tibor bei ihrem laschen Training kein bisschen ins Schwitzen geraten.

„Danke für die Auskunft“, sagte der Mann.

Sie nickte, dann ging sie grußlos weg.

„Warte mal!“, hörte sie ihn rufen, als sie schon fast im Stall war. „Hier!“ Er eilte zu ihr und reichte ihr eine Visitenkarte. „Wenn Frau Mirador zurückkommt, sag ihr bitte, sie möge mich anrufen. Ich habe noch eine Frage an sie.“

Tori ließ die Karte in ihrer Hosentasche verschwinden.

„Nicht vergessen“, ermahnte sie der Mann.

„Bestimmt nicht.“

„Na dann, danke“, sagte der Fremde. „Und auf Wiedersehen.“

Abseits

Sobald Tori im Stall verschwunden war, kramte sie die Visitenkarte wieder aus der Hosentasche. Vielleicht verriet ihr die Karte ja, was der Typ von Sue wollte.

„Dr. Stefan C. Müller
General Manager Development and Resources
Schleyer AG",

las sie. *General Manager Development and Resources.* Was immer das heißen sollte! Warum musste man Berufsbezeichnungen heutzutage eigentlich immer ins Englische übersetzen? Toris Vater war Kundenberater in einer Werbeagentur, aber auf seiner Visitenkarte stand „Chief Accounting Manager". Vielleicht war der Fremde nur ein einfacher Sachbearbeiter oder Empfangssekretär. Aber *General Manager* klang natürlich um einiges beeindruckender. Wobei das schicke Auto mit den getönten Scheiben gegen eine Stellung als popeliger Sachbearbeiter sprach.

„Hoppla!" Ayla schob gerade schwungvoll eine

Schubkarre in den Stall und wäre fast mit Tori zusammengestoßen. „Was stehst du denn hier im Weg rum?"

„Sorry." Sie zog Tibor in seine Box. „Hast du den Typ da draußen gesehen?"

„Welchen Typ?" Ayla kippte eine Ladung Heu in Saphirs Raufe. „Ach, übrigens: Juliana und ich wollen gleich noch ins Gelände", fuhr sie fort. „Wenn du Lust hast, kannst du ja mitkommen."

„Was?" Das war doch die Höhe! Als Tori die anderen vorhin gefragt hatte, ob sie mit ihr ausreiten wollten, hatten alle abgelehnt. Und jetzt wollten sie plötzlich los. Ob sie das extra machten, um sie zu ärgern?

„Also, was ist?"

Tori antwortete nicht. Sie zerrte wütend an Tibors Sattelgurt.

„Ach, komm! Bis zum Kinderreiten sind wir doch ewig wieder zurück."

Tori wuchtete den Sattel über die Abtrennung und wandte sich dem Zaumzeug zu. Dabei riss sie so ungeduldig an dem Stirnband, dass Tibor empört wieherte.

„Sorry", murmelte Tori.

„Was?", fragte Ayla.

Tori tat, als hätte sie sie nicht gehört.

„Na, dann eben nicht." Der Schubkarren holperte laut, als Ayla den Stall wieder verließ.

Tori dachte wieder an den Anzugmann. Was er wohl gewollt hatte? Vielleicht hatte er ein neues Filmangebot für Sue. Oder er wollte sie zu ihrer Schauspielkarriere interviewen. Die Mühe konnte er sich sparen, da biss er auf Granit. Sue hatte der Filmwelt ein für alle Mal den Rücken gekehrt.

Draußen hörte man helles Lachen. Dann eine tiefere Stimme. Sina und Viktor waren zurück.

Tori nahm den Striegel und fuhr mit hastigen Bewegungen über Tibors dunkelbraunes Fell. Sie wollte fertig sein, wenn die beiden hereinkamen. Aber dann merkte sie, dass sich die Stimmen wieder entfernten.

Auch gut. Oder vielmehr: umso besser.

Sina und sie hätten sich doch nur wieder in die Haare bekommen. Dabei fragte Tori sich, warum Sina eigentlich immer so gereizt und empfindlich war. Sie hatte doch nun wirklich alles, was man sich wünschen konnte. Sie hatte einen Freund, der ganz verrückt nach ihr war. Und der Pferde genauso liebte wie sie selbst. Einen Freund, der nicht genervt war, wenn Sina ihre Nachmittage auf der Sunshine Ranch verbrachte, sondern der ebenfalls Reitstunden nahm, ausritt und sogar den Stall ausmistete.

So ein Glück hatte Tori bisher nie gehabt. Obwohl sie hübscher war als Sina. Und sich viel mehr Jungen für sie interessierten.

Zum Beispiel Viktor. Als er vor einem Jahr zum ersten Mal zum Reiten auf die Sunshine Ranch gekommen war, war er ganz verrückt nach Tori gewesen und hatte gar keine Augen für Sina gehabt. Tori hatte Viktor dagegen einfach nur ätzend gefunden. Und heute? Fand sie ihn immer noch ätzend. Obwohl er bei Weitem nicht so schlimm war, wie sie damals gedacht hatte, das musste sie zugeben.

Sie täuschte sich oft in Jungen. Die Typen, in die sie sich verknallte, entpuppten sich nach ein paar Wochen als totale Loser. Und die anderen, die sie so bescheuert fand, dass sie sie nicht einmal grüßte, erschienen ihr plötzlich ganz cool. Aber wenn ihr das auffiel, hatten sie immer schon eine andere Freundin.

Nein, im Gegensatz zu Sina hatte Tori wirklich kein Glück mit Jungen. Mit Finn hatte sie es gerade mal drei Wochen ausgehalten und mit Marten einen knappen Monat. Finn hatte den Pferdegeruch in ihren Kleidern abscheulich gefunden – *diesen Gestank,* hatte er das immer genannt. Und Marten hatte sie ständig auf den Fußballplatz geschleppt, aber auf die Sunshine Ranch war er kein einziges Mal mitgekommen.

„Du bist doch noch so jung", sagte ihre Mutter immer. „Der Richtige kommt schon, wart's nur ab." Aber was, wenn sie den Richtigen gar nicht erkannte? Und stattdessen wieder den Falschen nahm?

Das Mittagessen fiel heute flach. Toris Eltern waren zu ihrer Tante nach Essen gefahren. Tori hatte sich aber eine Packung Kekse und zwei Äpfel eingepackt. Und ihr

Geschichtsbuch, sie musste ja das bescheuerte Referat vorbereiten.

Sie setzte sich auf die Bank hinter Sues Haus. Die Sonne war ziemlich heiß, obwohl es erst Mitte März war. Tori krempelte ihre Jeans hoch und streckte die Beine in die Frühlingssonne. Bah, ihre Unterschenkel waren so rosig wie gerupfte Hühnerbeine! Manchmal beneidete sie Sina darum, dass sie so schnell braun wurde. Toris Haut kam niemals über einen zarten Karamellton hinaus. Aber dafür hatte sie lange, weißblonde Haare, die in der Sonne wie Platin glänzten.

Sie schob einen Keks in den Mund und schlug das Geschichtsbuch auf. Seite 26. Die alten Griechen und ihre Demokratie. Gab es ein langweiligeres Thema auf diesem Erdkreis? Tori fiel beim besten Willen keines ein. Aber das war ja auch nicht gefragt. Gefragt waren die attische Gewaltenteilung, das Scherbengericht und Aristoteles' Staatenlehre.

Sie starrte auf die Seite, bis die Buchstaben vor ihren Augen zu tanzen begannen. *Während in heutiger Zeit Demokratie eher als Repräsentativsystem angesehen wird, wohnte dem attischen Modell vielmehr ein starker plebiszitärer Zug inne.*

Meine Güte, war das kompliziert. Was bedeutete *Repräsentativsystem*? Und was war mit einem *plebiszitären Zug* gemeint?

Als sie den Satz zum vierten Mal gelesen hatte, gellte

eine Trillerpfeife auf und zerstörte ihre Konzentration endgültig.

Verdammt, jetzt ging das wieder los! Das Johlen, das Schreien, das Pfeifen und das Grölen. Diese bescheuerte Kickerei.

Vor ein paar Wochen war auf dem Nachbargrundstück ein Bolzplatz eingerichtet worden. Zwei Metallrahmen links und rechts, dazwischen eine gemähte Wiese, das war das Spielfeld. Seitdem trafen sich jeden Nachmittag eine Handvoll Jungen auf dem Platz und kickten ihren blöden Ball durch die Gegend, als ginge es um den Pokal. Oder um ihr Leben.

Tori kannte die meisten der Typen, sie gingen in ihre Parallelklasse im Friederike-Fliedner-Gymnasium. Den Jungen, der jetzt schon wieder in seine Trillerpfeife blies, hatte sie total gefressen. Jonas Spitzer. Er war der Anführer der Gruppe, ein furchtbarer Angeber, wie Tori fand. Und – ahh! Da war ja auch Toris Exfreund Marten. Natürlich, wo Fußball gespielt wurde, durfte Marten nicht fehlen.

„Marten vor ans Tor! Angriff!“, brüllte Jonas und warf seine langen Haare aus der Stirn, als wäre er Justin Bieber.

„Abspielen!“

„Flanke!“

„Ey, du Versager! Gib doch ab, verdammt!“

„TOOOOR!“

Das Gebrüll und die Pfiffe und die Griechen und das Scheißreferat und Sinas ständige Genervtheit und Toris Enttäuschung darüber, dass keiner mit ihr ausgeritten war – all das ballte sich in ihr zusammen und dehnte sich immer weiter aus, bis sie explodierte.

Tori knallte ihr Geschichtsbuch zu und sprang auf. „Das ist voll nervig! Könnt ihr nicht mal die Klappe halten?“, brüllte sie.

Sie hatte nicht erwartet, dass die Jungen sie in ihrem Spielrausch überhaupt zur Kenntnis nehmen würden. Aber ihre Stimme gellte so schrill über den Platz, dass alle irritiert innehielten. Der Ball rollte ins Aus.

„Was hast *du* denn für ein Problem?“ Jonas trat ganz dicht an den Zaun.

„Ihr seid verdammt laut. Und hier gibt es Tiere, falls ihr das noch nicht gemerkt habt. Die rasten total aus, wenn ihr so einen Lärm macht.“

Das stimmte nicht. Das einzige Tier, das wegen so etwas ausrasten würde, war der schreckhafte Dakota, und der war weit genug vom Bolzplatz entfernt, dass er nichts davon mitbekam.

„Ooch. Die armen Tiere“, sagte Marten mit falscher Stimme. „Die tun mir richtig leid.“

„Wer rastet denn am meisten aus? Die blöden Hühner? Oder die dummen Gänse?“, spottete der große Nick, der eigentlich schon in der Neunten gewesen wäre, wenn er nicht zweimal sitzen geblieben wäre.

Ausgerechnet jetzt bog Washington um die Hausecke. Als er die Jungen mit dem Ball sah, rannte er zum Zaun, bellte laut und wedelte vor Begeisterung. Er liebte Fußball und hoffte inbrünstig, dass man ihn einmal mitspielen ließ.

„Oder der arme Hund“, johlte Marten. „Der zerreißt uns gleich in der Luft, so fertig ist der von dem Lärm.“

„Kommt, Leute, wir lassen das mit dem Fußball und fangen dafür mit dem Reiten an!“, schrie Jan. Er schwang sich auf ein imaginäres Pferd und trabte zungenschnalzend am Zaun entlang. Zwei andere Jungen schlossen sich ihm an. „Aber schön leise!“, rief Jan.

Das fand der Rest furchtbar lustig. Jonas lachte am lautesten.

Tori überlegte, ob sie das Geschichtsbuch nach ihm werfen sollte. Oder einen Apfel. Aber weil sie ihn vermutlich eh nicht getroffen hätte, ließ sie es lieber bleiben.

„Bist du mit denen da drüben verwandt?“ Jonas wies mit dem Kopf auf das Nachbarhaus, in dem die Fischers wohnten, ein pedantisches Rentnerehepaar, das Sue ständig mit seinen Nörgeleien und Beschwerden in den Ohren lag. Sie meckerten, dass ihnen die Hühner zu laut gackerten oder die Pferde stanken oder der Kirschbaum zu weit über die Grundstücksgrenze wucherte.

„Du spinnst wohl!“, schrie Tori empört. „Ich bin doch kein Spießer. Ich will nur …“

„Was? Was willst du?“, fragte Jonas.

„Ein bisschen Rücksichtnahme“, erwiderte sie.

Ein bisschen Rücksichtnahme. Wie sich das anhörte! Als wäre sie ihre eigene Großmutter.

Die Jungen lagen fast am Boden vor Vergnügen. Marten wieherte vor Begeisterung. Was hatte sie im letzten Sommer bloß an ihm gefunden?, fragte sich Tori, während sie ihn wütend anstarrte.

Jonas blies in seine Trillerpfeife. „Weiter geht's!“, befahl er.

Tori verzog sich. Dieses Spiel hatte sie verloren. Aber gründlich.

Becky

Fünf Pferde standen gesattelt und aufgezäumt am Putzplatz vor dem Stall. Auf dem Geländer daneben hockten Sina, Viktor, Myriam, Ayla und Hannah.

„Schön, dich zu sehen!“, sagte Sina spöttisch, als Tori zu ihnen stieß. „Kommst du also doch noch?“

„Was soll das denn heißen?“ Tori warf einen Blick auf ihre Armbanduhr. Mist! Nachdem die Jungen sie vertrieben hatten, hatte sie sich mit ihrem Geschichtsbuch auf die Bank bei den Hängebauchschweinen gesetzt und war über den blöden Griechen prompt eingenickt. Jetzt war es kurz vor drei. In ein paar Minuten fing das Kinderreiten an und vorher mussten die Pferde gesattelt werden.

„Ich mach Tibor fertig und bin sofort bei euch!“, rief sie und wollte im Stall verschwinden, aber Myriam hielt sie zurück.

„Brauchst du nicht. Mehr als fünf Pferde passen eh nicht in den Roundpen. Wir gehen schon mal runter zum Reitplatz, du verkaufst die Tickets.“

„Ich?“ Tori fand das Kinderreiten ziemlich unerträglich, aber der Kartenverkauf war das Schlimmste. Normalerweise übernahm Sue das immer. Tori konnte das Gedrängel im Büro und die quengelnden Kinder nicht ausstehen. Sie hasste die Mütter, Väter und Großeltern, die gleich aggressiv wurden, wenn es nicht schnell genug voranging. Ständig wedelten die Erwachsenen mit großen Scheinen, die man dann wechseln musste, und wehe, man verrechnete sich!

„Während ich weg bin, könnt ihr das Kinderreiten ausfallen lassen", hatte Sue ihnen gestern noch angeboten. „Damit müsst ihr euch nicht auch noch belasten."

Wenn es nach Tori gegangen wäre, hätte sie sofort zugestimmt. Wenn es nach ihr gegangen wäre, hätte sie das Kinderreiten ohnehin schon längst abgeschafft. Kleinkinder trieben sie zum Wahnsinn. Entweder sie heulten am Anfang, weil sie Angst vor den Pferden hatten, oder hinterher, weil sie nicht wieder absteigen wollten. Aber mit ihrer Meinung stand sie einsam und allein auf weiter Flur.

„Quatsch! Kommt gar nicht infrage!", hatte Juliana gerufen. „In den Ferien kommen immer besonders viele Kinder! Und die sind doch so süß."

So süß. Was, bitte schön, war an den verzogenen Rangen süß?

Und wo steckte Juliana überhaupt?

„Kann Juliana nicht die Karten verkaufen?", fragte Tori.

„Juliana schläft doch heute Nacht auf der Ranch. Wegen Becky", erklärte Ayla. „Deshalb ist sie jetzt nach Hause gegangen."

„Wer zu spät kommt, den bestraft das Leben", spottete Sina.

Tori drehte sich wortlos um und ging weg.

Mit jedem Ticket, das sie von der Rolle riss und einem Kind in die Hand drückte, wurde ihre Laune schlechter.

„Du machst ja ein Gesicht, als ob du Zahnschmerzen hättest", sagte eine alte Dame vorwurfsvoll. „Ein freundliches Lächeln kostet doch nichts, oder?"

Das war zu viel. Tori klappte die Kasse zu.

„Feierabend für heute", verkündete sie der Warteschlange, die sich vom Schreibtisch bis hinaus auf den Hof zog. „Wer nicht drangekommen ist, kann am Mittwoch wiederkommen." Am Mittwoch war Tori zur Nachtwache eingeteilt, da konnte dann Juliana die Kasse machen.

„Wie bitte?", fragte die dicke rothaarige Frau, die als Nächste an der Reihe gewesen wäre. „Das kann doch nicht dein Ernst sein! Du hast die Kasse erst vor fünf Minuten aufgemacht. Also, Frau Mirador …"

„Frau Mirador", unterbrach Tori sie, „ist in Kalifornien." Weit, weit weg. Zum Glück. Tori verstaute die Kasse in der obersten Schreibtischschublade. „Tut mir leid", log sie. Es tat ihr kein bisschen leid.

Die Rothaarige stemmte die Hände in die Hüften. „Das lass ich mir nicht gefallen. Ich werde mich beschweren."

Jetzt begannen die ersten Kinder zu heulen.

„Unverschämtheit!", sagte ein Mann. „Und dafür stehen wir stundenlang an."

Tori hob bedauernd die Hände. Sie kam sich vor wie ihr Vater, ihre Mutter und ihr Klassenlehrer in einer Person. Ein gutes Gefühl.

Murrend und schimpfend schoben sich die Leute aus dem Büro.

Tori schloss zuerst die Schreibtischschublade ab und dann die Bürotür. Schluss für heute.

Sie hatte gehofft, dass die Leute sich verzogen hatten, aber sie standen immer noch im Hof, als Tori aus dem Büro kam. Sie scharten sich um einen hageren Mann mit Dreitagebart, den Tori schon mal irgendwo gesehen hatte. Er hatte nicht in der Schlange im Büro gestanden, da war sie sich ziemlich sicher. Woher kannte sie das Gesicht?

„Ist ja auch vollkommen egal", murmelte sie. Sina und die anderen Pferdemädchen würden schnell mitkriegen, dass Tori den Ticketverkauf vorzeitig beendet hatte. Sie würden gleich vom Roundpen zurückkommen. Und Tori hatte keine Lust, sich ihre Vorwürfe anzuhören.

Ob sie noch einmal bei Becky vorbeischauen sollte, bevor sie nach Hause fuhr? Aber heute Vormittag war die Stute ganz ruhig und entspannt gewesen, sicher würde es noch Tage, wenn nicht sogar Wochen dauern, bis das Fohlen zur Welt kam.

Mit zielstrebigen Schritten ging Tori an der Gruppe vorbei, die sich um den großen Hageren versammelt hatte. Kurz bevor sie auf ihr Fahrrad stieg, drehte sie sich noch einmal um und begegnete dem Blick des Mannes. Ein paar Sekunden lang starrten sie sich an, dann senkte der Fremde die Augen. Er verteilte irgendetwas an die Umstehenden. Karten oder Prospekte.

Wo zum Teufel hatte sie sein Gesicht schon einmal gesehen?, überlegte Tori, als sie vom Hof fuhr. Sie kam einfach nicht drauf.

Vielleicht hatte sie eine böse Vorahnung, vielleicht war ihr auch nur der Ärger auf den Magen geschlagen. Die ständigen Auseinandersetzungen mit Sina, die blöden Typen auf dem Fußballfeld und zum Abschluss noch der bescheuerte Ticketverkauf. Auf jeden Fall brachte sie beim Abendessen keinen Bissen runter.

„Was ist denn los mit dir?“, fragte ihr Vater. „Du bist so still.“

„Sonst quatsch ich dir doch immer viel zu viel.“ Tori stand wütend auf. „Ich geh heute früh schlafen. Ich muss schließlich fit bleiben.“

„Ich wünschte nur, du würdest dich …“, begann ihre Mutter. Den Rest des Satzes hörte Tori nicht mehr, weil sie schon im Flur war. Sie kannte die Fortsetzung aber. *Ich wünschte nur, du würdest dich für die Schule auch so einsetzen wie für die Ranch.*

In ihrem Zimmer hatte sie gerade den Computer angeschaltet, als ihr Handy klingelte.

„Ich bin's, Juliana“, meldete sich eine Stimme, bevor Tori Hallo sagen konnte. „Ich ruf von der Ranch aus an.“

„Was gibt's?“

„Ich wollte nur fragen, wo ihr Becky hingebracht habt.“

„Bitte? Was meinst du damit?“

„Na, wo ist sie?“

„Becky?“

„Ja, natürlich Becky. Sag mal, red ich Chinesisch oder was?“

„Sie ist im Außenstall mit Fritz. Wie immer.“

„Wenn sie da wäre, würd ich ja nicht anrufen.“

Hm. Tori hatte die Sunshine Ranch vor den anderen Mädchen verlassen. Vielleicht hatten ihre Freundinnen Becky aus irgendeinem Grund zu den anderen Pferden gebracht. „Hast du im Stall nachgesehen?“

„Natürlich. Da ist sie auch nicht. Mann, ich dreh total durch. Fritz schreit die ganze Zeit wie ein Geistesgestörter.“

Tatsächlich. Im Hintergrund war lautes Eselsgeschrei zu hören. Fritz blökte und klagte, als ob ihn einer abstechen wollte.

„Die Fischers waren schon hier und haben sich über den Lärm beschwert. Ich weiß überhaupt nicht, was ich machen soll“, jammerte Juliana.

„Ich ruf die anderen an“, sagte Tori. „Und dann meld ich mich wieder. Bis gleich!“

Sie legte auf, bevor Juliana noch etwas sagen konnte.

Eine halbe Stunde später hatten sie sich alle in Sues Wohnküche versammelt. Selbst durch die geschlossenen Fenster hörte man Fritz draußen wie einen Werwolf heulen.

Der Papierkorb neben Juliana quoll vor nassen Tempos über. Gerade zog sie ein frisches Taschentuch aus der Packung und schniefte hinein. „Wie sollen wir Sue bloß beibringen, dass Becky weg ist? Ausgerechnet jetzt, in ihrem Zustand!“

„Das kann ich dir sagen: überhaupt nicht“, meinte Tori.

Juliana hob ihr verheultes Gesicht und starrte sie fragend an.

„Tori hat Recht“, sagte Ayla. „Natürlich erzählen wir Sue kein Wort. Sie flippt nur aus. Die kommt doch sofort nach Deutschland zurückgeflogen.“

„Aber Becky ist geklaut worden!“, jammerte Juliana.

„Das können wir nicht einfach verschweigen. Wir müssen die Polizei rufen."

„Die Polizei würde als Erstes Sue informieren", sagte Ayla. „Immerhin ist sie die Eigentümerin."

„Nein, das geht auf keinen Fall", erklärte Tori. „Wir sind für die Ranch verantwortlich. Wir müssen Becky wiederfinden. So schwer kann das doch nicht sein. Wenn Sue in zwei Wochen zurückkommt, können wir ihr ja immer noch erzählen, was passiert ist. Die Gruselgeschichte inklusive Happy End sozusagen."

„Und wenn es kein Happy End gibt?", fragte Sina.

Tori zuckte mit den Schultern. „Hast du einen besseren Vorschlag?"

„Wer könnte denn so etwas getan haben?" Myriam kramte einen Notizblock aus ihrer Tasche und zückte einen Bleistift.

„Die Jungen vom Bolzplatz", erwiderte Tori wie aus der Pistole geschossen. „Jonas Spitzer und die anderen. Ich hab mich heute Nachmittag mit ihnen angelegt", erklärte sie, als die Mädchen sie fragend ansahen. „Und sie haben Witze über die Ranch gemacht, übers Reiten und so. Ihr wisst doch, wie die drauf sind."

„Aber nur, weil du sie geärgert hast, gehen sie doch nicht gleich los und schnappen sich eine Stute. Noch dazu eine, die jeden Moment abfohlen kann", wandte Hannah ein.

„Dass Becky tragend ist, haben die unter Garantie

nicht bemerkt“, sagte Tori. „Die haben doch keine Ahnung von Pferden. Becky war am leichtesten zu kriegen, das Tor vom Paddock lässt sich einfach aufziehen. Sie sind rein und haben sie weggeführt.“

„Ich verstehe nicht, warum sie so etwas tun sollten. Diese Typen finden Pferde doch voll öde“, warf Juliana ein.

„Sie wollten uns einen Streich spielen“, sagte Tori. „Glaubt mir, ich weiß, wie die ticken.“

„Falls du Recht hast, müssen wir sofort mit ihnen reden“, sagte Ayla. „Wenn sie hören, dass Becky trächtig ist, dann rücken sie sie bestimmt wieder raus. Sie wollen doch nicht dran schuld sein, dass dem Fohlen was passiert.“

„Machst du das?“, fragte Tori.

„Was?“

„Redest du mit ihnen?“

Ayla verzog das Gesicht. „Ich kenn die gar nicht. Ist doch besser, wenn du das übernimmst.“

Tori schnitt eine Grimasse. Sie hatte überhaupt keine Lust, sich mit diesen Idioten auseinanderzusetzen, aber Becky ging natürlich vor.

„Warum rufst du Jonas nicht direkt an?“, fragte Sina.

„Was, jetzt? Spinnst du? Es ist kurz nach zehn.“

„Na und? Der schläft bestimmt noch nicht. Und stell dir vor, das Fohlen kommt ausgerechnet heute Nacht und Becky ist irgendwo allein …“

Schon gut. Tori nickte. „Kennt irgendjemand die Telefonnummer?“

Nachdem Myriam bei der Auskunft angerufen hatte, wählte Tori und lauschte auf das Tuten im Hörer.

Hoffentlich ging keiner dran!

Aber dann nahm Jonas selber ab.

„Hi“, sagte Tori. „Ich bin's, Tori.“

Die anderen starrten sie mit offenen Mündern an. Am liebsten wäre sie rausgegangen, um allein mit Jonas zu sprechen, aber das war auch blöd. Also blieb sie einfach sitzen.

„Wer?“, fragte Jonas.

„Tori Marquardt. Aus der 7a.“

„Ach, *die* Tori.“ Als ob er außer ihr noch fünfhundert andere Mädchen kannte, die Tori hießen. „Was gibt es denn?“

„Auf der Sunshine Ranch ist heute Abend eine Stute gestohlen worden.“ Heute Abend? Vielleicht war Becky auch viel früher entführt worden. Am späten Vormittag war Tori zum letzten Mal beim Außenstall gewesen, da war noch alles in Ordnung gewesen. Am Nachmittag war sie nach Hause gegangen, ohne Becky noch einmal zu besuchen. Und das, obwohl Sue sie beschworen hatte, alle paar Stunden nach der Stute zu sehen. Toris Magen krampfte sich zusammen. Wie hatte sie bloß so leichtsinnig sein können?

„Echt? Bei euch ist eingebrochen worden?“

„So kann man das nicht sagen. Jemand hat den Stall aufgemacht und die Stute weggeführt. Und nun fragen wir uns …"

„Du meinst, da ist einer einfach so mit dem Gaul abgedampft und keiner hat was mitbekommen?"

„Ganz genau."

„Krass. Und nun willst du wissen, ob wir was bemerkt haben?"

Na ja. Nicht direkt. Aber wenn Jonas es so auffasste, umso besser.

„Also, mir ist nichts aufgefallen", meinte er jetzt. „Ich frag die anderen mal, ob sie was beobachtet haben. Aber ich glaub, eher nicht."

„Die Sache ist die", sagte Tori. „Becky ist nämlich tragend."

„Hä?"

„Sie erwartet ein Fohlen", übersetzte sie. „Und so wie es aussieht, könnte es beim Abfohlen zu Komplikationen kommen."

Das stimmte nicht. Dr. Knopfler hatte bei der letzten Untersuchung festgestellt, dass alles auf eine normale Geburt hindeutete. Aber ein bisschen Dramatik konnte nicht schaden, fand Tori.

„Ach du Scheiße."

Tori holte tief Luft und beschloss, noch deutlicher zu werden. „Falls einer von euch also was mit der Sache zu tun hat …"

„Halt, Moment mal, ganz langsam! Du meinst, einer von uns hat dieses Pferd gestohlen? Das ist doch totaler Quatsch!“

„Ich sag doch nur: falls“, erklärte Tori. „Auf jeden Fall weißt du jetzt Bescheid. Wenn wir Becky nicht finden, dann besteht Lebensgefahr für Stute und Fohlen.“

Das war gut. Das hörte sich so gefährlich an, dass ihr selbst ein Schauer den Rücken hinunterlief.

„Habt ihr schon die Polizei verständigt?“, fragte Jonas.

Tori räusperte sich. „Das Ganze ist nicht so einfach. Also, Sue, die Ranchbesitzerin, ist zurzeit in Amerika. Und wir haben die Ranch so lange übernommen.“

„Ist doch egal. Ihr müsst sofort die Bullen holen, hörst du?“

„Das machen wir auch. Also, ihr seid gewarnt … äh … informiert. Sprich mit deinen Kumpels, und wenn einer was weiß oder was gesehen hat, soll er sich direkt bei mir melden. Meine Handynummer hast du ja jetzt.“

Baldrian

„Und nun?“, fragte Tori in die Runde, als sie aufgelegt hatte.

„Wir überlegen weiter.“ Myriam malte ein großes Fragezeichen und ein Ausrufezeichen auf ihren Schreibblock. „Ist noch jemandem irgendwas Besonderes aufgefallen heute?“

„Die Leute waren total sauer, weil du die Kasse so früh zugemacht hast“, sagte Sina zu Tori.

„Ach, und du meinst, aus lauter Wut darüber, dass sein Herzblatt nicht reiten durfte, hat einer Becky gestohlen?“, gab Tori zurück. Aber im selben Moment fiel ihr der hagere Mann wieder ein. „Habt ihr den Typ auch bemerkt?“, fragte sie, nachdem sie ihn den anderen beschrieben hatte. „Ich hatte die ganze Zeit das Gefühl, dass ich ihn schon mal gesehen habe. Aber ich komm einfach nicht darauf, woher ich ihn kenne.“

Es war zum Verrücktwerden. Die Erinnerung war wie ein scheues Pferd. Immer wenn Tori sich ihr ein Stück weit genähert hatte, schreckte sie auf und galoppierte davon.

„Mir ist niemand aufgefallen. Ich hatte aber auch alle Hände voll damit zu tun, die wütenden Leute wieder zu beruhigen“, sagte Sina. „Was hat der Typ denn gemacht? Hatte er ein Kind dabei?“

„Nicht dass ich wüsste. Ich glaube, er hat irgendwas verteilt. Handzettel oder Prospekte.“

„Na, das ist doch schon mal was. Die können ja nicht alle weg sein“, erklärte Myriam. „Vielleicht gucken wir zuerst mal in die Mülltonne. Meistens schmeißen die Leute Werbezettel nämlich direkt wieder weg.“

„Die Tonne stand aber gar nicht auf dem Hof“, sagte Hannah zerknirscht. „Ich hab vergessen, sie aus dem Schuppen zu holen.“

„Da war so eine große, dicke Rothaarige“, erinnerte sich Tori. „Die war mit ihrem Kind da und stand direkt neben dem Fremden. Vielleicht hat sie einen Zettel mitgenommen. Kennt die eine von euch?“

„Das könnte Frau Günzel sein“, überlegte Hannah. „Hatte sie ein kleines Mädchen dabei? Eine Blonde mit Brille?“

„Keine Ahnung. Ich schau mir die Kinder nicht so genau an“, erwiderte Tori. „Die Frau war auf jeden Fall total sauer, dass ich so früh mit dem Kartenverkauf aufgehört habe. Wollte sich sogar beschweren. Ich frag mich nur, bei wem.“

Sina murmelte etwas, was Tori nicht richtig verstand. Sie beschloss, nicht darauf einzugehen.

„Weißt du, wo diese Frau Günzel wohnt?“, fragte sie Hannah.

„Bei uns in der Nähe. Ich müsste meine Mutter fragen, wo genau.“

Aber das konnte erst am nächsten Morgen geschehen. Hannahs Mutter hatte nämlich keine Ahnung, dass ihre Tochter noch einmal zur Ranch gefahren war. Außer Juliana, die ja auf der Ranch übernachten sollte, hatte keines der Pferdemädchen seine Eltern informiert. „Besser, ihr schleicht euch einfach aus dem Haus und lasst euch nicht auf lange Diskussionen ein“, hatte Tori ihren Freundinnen geraten, als sie sie angerufen hatte.

„Günzel.“ Myriam tippte schon auf ihrem iPhone herum. „Das ist kein sehr häufiger Name. Vielleicht finden wir ihre Telefonnummer.“

„Willst du sie jetzt noch anrufen?“ Juliana schielte unbehaglich auf ihre Armbanduhr. „Es ist Viertel vor elf. Und keine von uns kennt diese Günzel. Die legt doch sofort wieder auf.“

Die anderen gaben ihr widerstrebend Recht.

„Ist sonst noch irgendjemandem was aufgefallen?“, fragte Sina.

Schulterzucken. Myriam kritzelte Smileys auf den Block, auf dem bisher nur die Namen „Jonas Spitzer“ und „Frau Günzel“ standen. Hannah kaute an ihren Fingernägeln. Draußen vor dem Fenster hörte man Fritz heulen. Du liebe Zeit, wurde der denn gar nicht müde?

„Was machen wir bloß mit ihm?“, fragte Juliana. „Wenn der noch lange weiterschreit, rufen die Fischers die Polizei.“

„Wir müssen ihn irgendwie ruhigstellen“, sagte Sina.

„Baldrian“, schlug Tori vor.

„Hä?“, fragte Sina.

„Das nimmt Sue, wenn sie nicht einschlafen kann“, erklärte Tori. „Sie hat das Zeug bestimmt im Haus.“

„Du kannst Fritz doch kein Schlafmittel geben!“, protestierte Hannah. „Was ist, wenn er zu viel davon erwischt und nicht mehr aufwacht?“

„Baldrian ist ganz harmlos“, meinte Tori. „Und rein pflanzlich. Wir geben ihm einfach eine kleine Dosis und warten ab, was passiert.“

„Zu Risiken oder Nebenwirkungen fragen Sie Ihren Arzt oder Apotheker“, murmelte Sina.

„Baldrian hat keine Nebenwirkungen“, sagte Tori. Das behauptete Sue zumindest immer. „Und das einzige Risiko ist, dass es vielleicht nicht wirkt. Wir haben nichts zu verlieren.“

Die anderen zögerten.

Fritz röhrte wie ein Hirsch in Todesnot.

„Also gut. Einen Versuch ist es wert“, seufzte Sina.

Sie fanden das Fläschchen mit Sues Baldrian im Medizinschrank im Bad, träufelten vierzig Tropfen auf zehn Zuckerwürfel und boten sie Fritz an. Der Esel verschlang sie, als wäre er am Verhungern. Zucker bekam er sonst nie.

Ein paar Sekunden lang war er tatsächlich still. Zufrieden leckte er sich das Maul.

Aber dann fiel ihm wieder ein, dass er Betty vermisste, und er begann aufs Neue zu brüllen.

IAAAAH, machte er. IOOOOH!!!

Die Mädchen streichelten ihn abwechselnd, sie kraulten ihn hinter den Ohren, sie redeten ihm gut zu, sie gaben ihm Heu und altes Brot und Karotten, aber Fritz wollte nicht getröstet werden und er wollte auch nichts fressen. Er wollte Betty. Und zwar schnell.

„Es hat keinen Sinn“, sagte Tori irgendwann. „Wir können genauso gut wieder reingehen.“

„Der hört nie auf“, meinte Juliana düster, als sie wieder in der Küche waren. Aber nach einer Weile wurde das Gebrüll immer leiser, bis es schließlich ganz verstummte.

Bevor sie nach Hause fuhren, schauten sie noch einmal nach dem Esel. Er lag zur Seite ausgestreckt in seinem Paddock und schlief friedlich. Vielleicht träumte er von Betty.

„Das ist un-er-träg-lich!“ Frau Fischer wedelte mit einem Putzlappen vor Toris Nase herum. Sie war aus dem Haus gestürzt, als Tori auf ihrem Fahrrad um die Ecke gebogen war. Nun stand sie breitbeinig mitten auf dem Radweg und zerhackte ihre Worte in lauter kleine, harte Silben. „Eine Zu-mu-tung! Heute Morgen um fünf ging der Lärm los. Und seitdem hat dieses Vieh kei-ne Ru-he mehr gegeben. Das ist Ter-ror! Das Tier muss zum Schweigen gebracht werden, und-zwar-so-fort!"

Die Ursache der Beschwerde war nicht zu überhören. Fritz hatte seinen Klagegesang wieder aufgenommen. Offensichtlich war er gut erholt aus seinem Baldrian-Schlaf erwacht. Das Gebrüll scholl über den Zaun der Ranch durch die ganze Nachbarschaft.

„Was sollen wir denn machen?", fragte Tori. „Wir können ihn doch nicht knebeln!"

„Es ist mir vollkommen gleichgültig, was ihr macht!" Frau Fischer kam Tori immer näher. Der nasse Lappen flatterte durch die Luft. Winzige Wassertropfen sprühten in Toris Gesicht. Oder war das Frau Fischers Spucke?

Tori wich einen Schritt zurück, aber Frau Fischer folgte ihr.

„Ich rufe das Ordnungsamt an!", zischte sie.

„Tun Sie, was Sie nicht lassen können", sagte Tori.

„Un-ver-schämt-heit! Das Tier muss weg!" Frau Fischer knallte mit dem Putzlappen wie mit einer Peitsche. Tropfen sprühten. Tori wich zurück, Frau Fischer rückte auf.

„Mein Neffe ist Rechtsanwalt, ich werde ihn informieren. Ihre saubere Frau Mirador wird sich noch wundern."

Hier war Argumentieren zwecklos. Tori ergriff die Flucht. Sie sprang auf ihr Fahrrad, trat in die Pedale und stellte sich dabei vor, wie Frau Fischer mit dem Putzlappen nach ihr zielte. In geduckter Haltung schoss sie durch das Tor auf die Ranch.

Am Fahrradständer wartete Juliana. „Hat die Fischer dich erwischt?", fragte sie aufgeregt. „Sie hat vorhin schon hier angerufen und sich beschwert. Die alte Hexe ist so was von furchtbar!"

Julianas Augen waren rot gerändert und geschwollen, als hätte sie die ganze Nacht geweint.

„Eine Zu-mu-tung", sagte Tori. „Sind die anderen schon da?"

„Da kommen Sina und Viktor!" Juliana wies mit dem Kinn zum Tor.

„Mannomann, da draußen ist vielleicht was los", keuchte Viktor, als er neben Tori vom Rad sprang.

„Krieg", erwiderte Tori. „Frau Fischer im Kampf gegen die Sunshine Ranch."

„Sie ist komplett verrückt geworden", sagte Sina. „Sie hat versucht, sich an meinem Gepäckträger festzuhalten. Ich musste mich richtiggehend losreißen."

„Fritz ist auch verrückt geworden", meinte Juliana düster. „Ich weiß wirklich nicht mehr, was ich mit ihm machen soll."

„Wir bringen ihn erst mal auf die Weide", entschied Tori. „Da ist zumindest der Abstand zu den Fischers größer."

„Dafür nervt er die anderen Pferde", sagte Viktor.

„Vielleicht bringen die ihn ja zur Vernunft", meinte Tori. „So von Tier zu Tier. Wer weiß?"

„Apropos Tier: Wo steckt eigentlich Washington?", fragte Sina.

„Er hat sich in der Scheune verkrochen", entgegnete Juliana. „Der erträgt das Gebrüll auch nicht mehr."

„Mir ist nämlich gestern noch was eingefallen", fuhr Sina fort. „Vielleicht sollten wir Washington mal auf die Spur von Becky ansetzen."

„Washington?", fragte Tori. „Sprichst du von unserem dusseligen Washington?"

„Versuchen kann man es ja mal", meinte Juliana. „Immerhin ist er ein Hund."

„Da wär ich mir nicht so sicher", sagte Tori. „Aber einen Versuch ist es wert. Wir brauchen eine Geruchsprobe von Becky."

Im Außenstall fanden sie eine alte Pferdedecke, die Sue Becky in kalten Nächten immer übergeworfen hatte. Juliana hielt sie Washington unter die Nase. Der Neufundländer schnupperte eifrig an dem Stoff und rannte dann los, als wüsste er genau, was sie von ihm wollten.

„Ich sag's euch: Der ist gar nicht so blöd, wie wir

gedacht haben“, jubelte Hannah, die inzwischen ebenfalls angekommen war.

Washington stob zielstrebig zum Ausgang, die Nase dicht am Boden. Manchmal hielt er plötzlich inne und schnüffelte angestrengt hier und da, während die Mädchen und Viktor vor Spannung den Atem anhielten. Danach rannte er wieder weiter, wobei er ein erstaunliches Tempo vorlegte.

„Man kommt ja kaum noch nach“, keuchte Juliana.

Hinter dem Tor bog der Neufundländer nach rechts ab, jagte an der Grundstücksgrenze entlang und schlug dann die nächste Stichstraße ein.

„Er führt uns zum Bolzplatz“, rief Tori aufgeregt. „Hab ich's euch nicht gesagt? Ich hab gleich gewusst, dass die Jungen hinter diesem ganzen Mist stecken!“

Washington galoppierte jetzt in vollem Jagdfieber vor ihnen her. Seine Schlappohren wehten und die rosa Zunge hing weit aus seiner Schnauze. Er rannte über den leeren Platz zu dem kleinen Geräteschuppen am hinteren Ende des Grundstücks. Dort blieb er abrupt sitzen, bellte dreimal laut und legte den Kopf schief.

„Soll das heißen, dass Becky da drin ist?“, flüsterte Hannah.

Tori schlich auf Zehenspitzen zur Schuppentür und legte ihr Ohr an das Holz. „Nichts zu hören“, erwiderte sie genauso leise.

„Mach auf!“, sagte Sina.

Tori wollte die Schuppentür gerade öffnen, als sich die Klinke wie von Zauberhand nach unten bewegte. Bevor sie die Hand zurückziehen konnte, wurde die Tür aufgerissen.

Vor ihr stand Jonas Spitzer.

„Ha!“ Tori schrie vor Schreck so laut auf, dass er einen entsetzten Satz zurücksprang.

Washington hüpfte dagegen nach vorn. Er bellte und wedelte gleichzeitig.

Jonas hatte einen Fußball unter dem Arm. Washington hatte gefunden, was er gesucht hatte.

McHopp!

Washington war stolz. Zum ersten Mal in seinem Leben hatte er sich wirklich nützlich gemacht und einen wichtigen Auftrag erfolgreich zu Ende gebracht. Er konnte nicht verstehen, warum die Mädchen jetzt nicht außer sich gerieten vor Begeisterung. Und warum keiner mit ihm Fußball spielen wollte. Aber so waren die Menschen. Einfach unergründlich.

„Was willst du hier?“, fragte Jonas Tori.

„Nichts“, entgegnete Tori. „Sorry. Ich hab mich vertan.“

Sie musste den Schuppen gar nicht erst durchsuchen. Es war auf den ersten Blick offensichtlich, dass Becky nicht hier war.

Da gab es nichts als ein paar klapprige Holzbänke und die anderen Jungen, die sich jetzt hinter Jonas aufbauten und neugierig die Hälse reckten. Tori erkannte Marten und Nick. Und Kevin aus der Achten. Die anderen beiden kannte sie nicht. Ein großer, pickliger Kerl und ein kleiner Dünner, der ihr schon am Vortag aufgefallen war, weil er ständig nervös blinzelte.

„Ihr glaubt wirklich, dass wir euren Gaul gestohlen haben“, stellte Jonas fest. „Deshalb seid ihr doch hier, oder?“

„Nein. Ich meine: ja.“ Wie immer, wenn Tori verunsichert war, wurde ihre Stimme laut und schrill.

„Was denn nun?“

„Der Hund hat uns hierher geführt. Wir dachten, dass er eine Fährte aufgenommen hätte. Aber in Wirklichkeit wollte er nur …“

„Was? Was wollte er?“

„Keine Ahnung, was er wollte. Frag ihn doch selbst.“

Jonas blickte zu Washington, der sofort hoffnungsvoll zu wedeln begann.

„Das Pferd ist also immer noch nicht aufgetaucht?“

„Sonst wären wir ja wohl kaum hier.“

„Du brauchst nicht so unfreundlich zu sein. Das Ganze ist doch nicht meine Schuld.“

„Sorry“, sagte Tori ein bisschen milder.

„Kommt rein.“ Jonas trat einen Schritt zurück.

„Was?“, fragte Tori überrascht. „Warum das denn?“

„Wir haben gerade über den Pferdediebstahl geredet. Vielleicht können wir euch helfen.“

Tori wandte sich ratlos zu den anderen um.

Sina zuckte mit den Schultern. „Warum nicht?“

„Habt ihr in der Zwischenzeit die Bullen alarmiert?“, fragte Jonas, als sie alle auf den Holzbänken saßen. Es war wie in der Schule: Auf der einen Seite hockten die

Jungen, auf der anderen die Mädchen. Nur Viktor hatte sich neben Sina gesetzt.

„Wir können nicht zur Polizei.“ Sina erzählte von Sues Reise in die Staaten und von der kranken Mutter. „Wenn Sue erfährt, was passiert ist, kommt sie sofort wieder zurückgeflogen. Wir müssen das Problem unbedingt selbst lösen.“

Jonas nickte. „Also, von uns hat keiner was mit der Sache zu tun“, sagte er. „Wir waren gestern die ganze Zeit zusammen. Erst haben wir Fußball gespielt und später waren wir noch bei Fabian zu Hause.“ Er zeigte auf den großen Jungen mit den Pickeln, der zur Bestätigung nickte.

„Außerdem ist Reiten Weibersache“, sagte Marten verächtlich. „Wenn ich was klauen wollte, würd mir was Besseres einfallen als ein Pferd.“

Tori überhörte die letzte Bemerkung. „Und gesehen habt ihr auch nichts?“, fragte sie.

„Nee“, meinte Jonas. „Oder ist euch irgendwas aufgefallen?“

Allgemeines Kopfschütteln.

„Vielleicht ist die Stute ja nur ausgebüxt und hat sich verirrt“, schlug der kleine, dünne Junge vor und blinzelte gleich danach wieder nervös.

„Nee. Das Gatter war ja zu“, sagte Juliana. „Außerdem haut Becky nicht ab. Fritz nutzt jede Gelegenheit auszubrechen, aber Becky bleibt brav zu Hause.“

„Fassen wir also zusammen“, sagte Jonas, obwohl es bisher gar nichts zusammenzufassen gab. „Die Stute wurde gestern Abend vom Gelände der Ranch entführt.“

„Vielleicht auch schon am Nachmittag“, korrigierte Tori ihn. „Wir wissen nicht genau, wann es passiert ist.“

„Na super“, sagte Marten. „Das wird ja immer komplizierter.“

„Wann habt ihr Becky denn das letzte Mal gesehen?“, fragte Jonas.

„Kurz vor zwölf“, sagte Tori.

„Und um neun Uhr abends hab ich dann gemerkt, dass sie weg ist“, ergänzte Juliana.

„Und wer war am Nachmittag alles auf der Ranch?“, wollte Jonas wissen.

„Wir fünf“, antwortete Sina. „Außerdem Myriam und Ayla.“

„Und die Leute, die zum Kinderreiten gekommen sind. Das waren so circa zwanzig Erwachsene“, fügte Hannah hinzu.

„Vielleicht auch dreißig“, sagte Sina. „Und ihre Kinder, natürlich.“

„Und der Fremde“, warf Tori ein.

Die halbe Nacht hatte sie gegrübelt, woher sie den Typ kannte. Aber es war wie verhext. Je mehr sie darüber nachdachte, desto verschwommener wurde die Erinnerung. Inzwischen war sie sich gar nicht mehr sicher, ob sie den Kerl wirklich vorher schon einmal gesehen hatte oder ob sie sich das nur einbildete.

„Ach ja, der seltsame Mann“, rief Hannah. „Das hätte ich fast vergessen. Ich weiß jetzt, wer das ist.“

Hannah hatte gleich nach dem Aufstehen Frau Günzel besucht. „Sie wohnt in unserer Parallelstraße“, berichtete sie und verzog das Gesicht. „Puh, die ist fast so schlimm wie die Fischers.“

„Was war denn?“, fragte Viktor.

„Ich hab nur die Sunshine Ranch erwähnt und sie ist total ausgerastet. So ein Saftladen und wie unverschämt man sie dort behandelt hätte. Und dieses blonde Mädchen müsste man direkt rausschmeißen. Damit meint sie dich, Tori“, erklärte sie unnötigerweise.

„Weiter“, sagte Tori.

„Ich hab sie erst mal labern lassen und nach einer Weile hat sie sich ein bisschen beruhigt. Da konnte ich sie dann endlich nach diesem Mann fragen. Und ob sie wüsste, was er gestern verteilt hat.“

Hannah lehnte sich zurück und verschränkte die Arme vor der Brust.

„Und?“, fragte Tori ungeduldig.

„Mann, mach’s nicht so spannend“, rief Jonas.

„Frau Günzel hatte den Zettel noch. Sie wollte ihn zuerst nicht rausrücken. Glücklicherweise stellte sich dann heraus, dass ihre Tochter auch noch einen hatte.“

„Und?“, fragte Tori noch einmal.

Hannah stand auf und kramte ein zusammengefaltetes Blatt aus ihrer Hosentasche. „Hier."

„McHopp", las Tori laut vor. „Jetzt neu: Funreiten supergünstig!"

Die Überschrift war in Großbuchstaben gesetzt und dreimal unterstrichen. Darunter sah man ein Foto, auf dem eine Gruppe Reiter in den Sonnenuntergang galoppierte. Und ganz unten auf dem Blatt war noch ein kleineres Bild. Es zeigte den hageren Mann, der am Vortag die Werbezettel auf der Sunshine Ranch verteilt hatte. „McHopp: Frank T. Rudolf freut sich auf Ihren Besuch!", stand daneben.

„Daher kannte ich den Typ!", rief Tori. „Wir hatten bestimmt schon zehn von diesen blöden Werbezetteln im Briefkasten."

„In der Schule hängt auch so ein Ding", erklärte Viktor. „Die Lehrer reißen es immer wieder ab, weil sie keine Werbung am Schwarzen Brett wollen, aber am nächsten Tag klebt der Zettel wieder da. Der Typ ist hartnäckig."

„Echt? Davon hab ich überhaupt nichts mitbekommen", sagte Sina. „Worum geht's denn da?"

„Eine neue Pferderanch. Also, wenn du es so nennen willst", erklärte Tori.

Jonas nahm ihr den Zettel aus der Hand: „Neueröffnung: am Montag vor Ostern. Kommen Sie! Staunen Sie! Testen Sie!"

„Das ist heute!", stellte Sina aufgeregt fest. „Wo ist denn diese Ranch?"

„Auf dem Gelände, auf dem früher der Novo-Markt war", erklärte Hannah.

„Aber das ist gleich hier um die Ecke!", rief Sina. „Ob Sue weiß, dass da eine neue Ranch aufgemacht wird?"

„Ich glaube nicht, dass dieser McHopp eine echte Konkurrenz für die Sunshine Ranch ist", sagte Tori. „Das ist doch wie ein Fast-Food-Imbiss im Vergleich zu einem Nobelrestaurant."

„Das würd ich so nicht sagen. Frau Günzel war jedenfalls schwer begeistert von dem Konzept", sagte Hannah. „‚Wird Zeit, dass diese Sunshine Ranch mal Konkurrenz kriegt' – das waren ihre Worte."

„Hat sie sich McHopp denn schon angeschaut?", wollte Viktor wissen.

„Nee, die Ranch eröffnet ja erst heute."

„Auf jeden Fall können wir es uns in Zukunft nicht mehr leisten, unsere Besucher wie Dreck zu behandeln", sagte Sina spitz.

„Ich hab doch niemanden wie Dreck behandelt", gab Tori empört zurück. „Also wirklich! Ich hab irgendwann die Kasse zugemacht und den Ticketverkauf beendet. Das war alles."

„Du hast keine fünf Minuten lang Tickets verkauft", erklärte Sina. „Ist doch klar, dass die Leute sauer werden, wenn sie extra zum Kinderreiten auf die Ranch kommen und dann so was."

„Die Kasse war mindestens eine Viertelstunde geöffnet", widersprach Tori, obwohl sie genau wusste, dass das nicht stimmte. Ihr war es nur wie eine Ewigkeit vorgekommen. Aber gegenüber Sina brauchte sie sich doch nicht zu verteidigen!

„Ist doch egal", unterbrach Viktor den Streit. „Die Frage ist jetzt: Hat dieser McHopp Becky geklaut oder nicht?"

„Warum hätte er das tun sollen?", erkundigte sich Marten. „Pferde hat er bestimmt genug, wenn er gerade seine eigene Ranch eröffnet."

„Woher willst du das wissen? Pferde sind teuer. Und Becky ist trächtig. Er könnte die Mutter verkaufen und das Fohlen aufziehen, um es später auf seiner Ranch einzusetzen."

„Boah, das wäre ja der Gipfel!" Sina schnappte nach Luft.

Viktor wedelte mit dem Werbezettel durch die Luft. „Wir sollten der Sache nachgehen. Ich schlage vor, wir gehen zur Eröffnungsfeier und schauen uns die Ranch mal genauer an."

„Ich kann nicht. Meine Eltern wollen unbedingt mit mir ins Fantasialand." Hannah verzog das Gesicht.

„Ich darf auch nicht", sagte Juliana. „Wir fahren zu meinen Großeltern."

„Ist nicht so schlimm“, erklärte Jonas. „Wenn wir mit zu vielen da aufkreuzen, wird dieser Typ nur misstrauisch.“

„Wir?“, wiederholte Tori. „Was soll das denn heißen?“

„Wir heißt wir“, sagte Jonas.

„Spinnst du?“, fragte Marten. „Was ist mit unserem Training? Wir haben nächste Woche ein Turnier, schon vergessen?“

Die Jungen spielten in der C-Jugend im Fußballverein, aber die drei Trainingseinheiten in der Woche reichten ihnen offensichtlich nicht aus. Deshalb trafen sie sich an den übrigen Nachmittagen auf dem Bolzplatz neben der Ranch und übten Eckbälle, Freistöße und Pässe.

„Ich weiß gar nicht, was ihr wollt“, sagte Jonas. „Wir trainieren doch die ganze Zeit.“

„Willste jetzt mit dem Reiten anfangen?“, fragte Marten ungläubig.

„Ich glaub, der will was ganz anderes anfangen“, spottete Nick.

Jonas erhob sich. „Halt doch den Mund, Nick!“, sagte er genervt.

„Ich find das aber auch total blöd“, meldete sich der Kleine zu Wort und räusperte sich.

„Was findest du blöd, Hannes?“, herrschte Jonas ihn an. „Kann ich nicht mal einen Nachmittag lang machen, was ich will? Diese Sache interessiert mich. Ich will wissen, wer die Stute geklaut hat."

Hannes blinzelte dreimal hintereinander und nickte erschrocken.

„Verarsch dich doch selber." Nick schüttelte den Kopf. „Geh, wenn du willst. Wir trainieren in jedem Fall. Wir haben schließlich genug Zeit mit Labern verschwendet."

Betreten verboten

„Plastik“, sagte Viktor verächtlich. Er streckte sich und versetzte dem Schild über dem Eingang einen leichten Stoß.

Quietschend schwankte es ein paarmal hin und her, bevor es wieder zum Stillstand kam. Die Buchstaben „McHopp“ waren in schwarzer Westernschrift auf den hellbraunen Untergrund gedruckt. Es sollte so aussehen, als habe man sie mit einem Eisen eingebrannt, aber sobald man sich dem Schild näherte, erkannte man, dass es aus Kunststoff war.

„Immerhin ist der Zaun aus echtem Holz“, meinte Sina.

„Aber schlechte Qualität“, fand Viktor. „Schau dir mal die Balken an, total dünn. In einem halben Jahr sind die durchgefault.“

„Schluss jetzt mit der Meckerei!“, befahl Jonas. „Wir haben die Ranch noch nicht einmal betreten.“

Trotz der vielen Werbung war das Eröffnungsfest nur mäßig besucht. Ein paar Familien flanierten über den Hof, wo an zwei Ständen heiße Würstchen und Getränke verkauft und Infomaterialien verteilt wurden. Die Schlange vor dem Stand mit den Würstchen war ziemlich lang, die Frau dahinter schwitzte vor Anstrengung. Vielleicht war es aber auch der riesige grün-gelbe Westernhut auf ihrem Kopf, der sie so erhitzte.

Grün-gelb – das waren ganz offensichtlich die Farben der Ranch. Auf dem Dach flatterte eine grün-gelbe Fahne, überall schwebten grün-gelbe Luftballons und Wimpel und der Eingang zum Stall war mit einer grün-gelben Girlande geschmückt.

„Da drüben ist der Typ", flüsterte Viktor und zeigte über den Hof.

Der hagere Mann, der die Flyer verteilt hatte, trug ebenfalls einen grün-gelben Westernhut und hatte außerdem einen grün-gelben Button am Revers. Er hielt ein Megafon in den Händen, das er jetzt zum Mund hob.

„Sehr verehrte Gäste, liebe Anwesende", hallte seine Stimme über den Platz. „Willkommen auf McHopp, der etwas anderen Ranch! Hier erleben Sie etwas, was Ihnen nirgendwo sonst geboten wird."

„Ach? Und das wäre?", hörte Tori Sina murmeln.

„Westernreiten zum All-inclusive-Preis. Wir machen Ihnen ein sensationelles Angebot: ein zehnstündiger Reitkurs, ein begleiteter Adventure-Ausritt ins Gelände und ein komplettes Reitoutfit mit Westernhut und Breeches – alles für nur hundert Euro!"

„Was? Das ganze Paket für hundert Laschen?", rief Tori. „Das ist ja der Hammer! Da zahlen wir auf der Sunshine Ranch locker mehr als das Doppelte. Ohne das Reitoutfit, versteht sich."

„Wahnsinn." Sina schluckte. „Das ist wirklich ein irrer Preis. Wenn das meine Mutter hört, dann zerrt sie mich an den Haaren hierher."

„Frau Günzel ist jedenfalls schon Feuer und Flamme für McHopp." Tori wies auf die rothaarige Frau, die mit ihrer Tochter direkt vor dem hageren Mann stand und ihm jedes Wort von den Lippen zu lesen schien.

„Sie wird nicht die Einzige bleiben. Wenn sich das rumspricht, kann Sue ihren Laden dichtmachen", sagte Sina düster.

„Jetzt mach mal halblang", beruhigte Viktor sie. „Ich würde vorschlagen, wir werfen einen diskreten Blick in den Stall."

„Aber die Pferde sind bestimmt alle auf der Weide", wandte Tori ein.

„Eben. Lass uns doch mal schauen, wie es hinter den Kulissen so aussieht."

Sie schlenderten an dem Imbissstand vorbei, wo die schwitzende Frau im Akkord Brötchen aufschnitt, Cola zapfte und Würstchen wendete.

„Das Inclusive-Angebot gilt aber nicht für die Verpflegung", bemerkte Jonas. „Eine Wurst mit Brötchen kostet drei Euro fünfzig. Stolzer Preis."

Viktor nahm sich im Vorübergehen einen Prospekt vom Infostand. „Der grün-gelbe Westernhut ist im All-inclusive-Paket mit drin“, stellte er mit gespielter Begeisterung fest. „Die Sache lohnt sich wirklich. So etwas Furchtbares hab ich noch nirgends gesehen.“

„Ich würde mich lieber köpfen lassen, als diesen Hut aufzusetzen“, verkündete Tori.

Neben der Stalltür hing ein Schild.

„Liebe Besucher von McHopp“, lasen sie. „Unsere Reitpferde sind heute auf der Weide und freuen sich auf Ihren Besuch. Die Tiere im Stall brauchen aus gesundheitlichen Gründen Ruhe und Schonung. Bitte stören Sie sie nicht.“

„Betreten verboten!“, stand auf einem zweiten Schild, für alle, denen die erste Botschaft zu kompliziert war.

Tori, Sina, Viktor und Jonas wechselten einen aufgeregten Blick.

„Denkt ihr, was ich denke?“, fragte Jonas.

„Ich fress einen Besen, wenn Becky nicht da drin ist“, erklärte Tori strahlend. Ihr fiel ein Stein vom Herzen.

„Hundertpro“, murmelte Sina. „Der Typ hat sie entführt. Das ist das ganze Geheimnis seiner spektakulären Preise. Er klaut die Pferde. Und alles Übrige vermutlich auch.“

„Und wie kommen wir jetzt da rein?“ Viktor sah die anderen fragend an.

„Meine Herrschaften!“, rief da eine Stimme hinter ihnen.

Sie fuhren zusammen wie Einbrecher, die man auf frischer Tat ertappt hat.

Der hagere Mann mit dem grün-gelben Hut lief auf sie zu.

„Naaaa?“, fragte er in einem Ton, der vor Freundlichkeit klebte. „Wollt ihr reiten lernen?“

Toris Herz raste. Hatte der Kerl Viktors letzte Bemerkung gehört? Belauschte er sie vielleicht die ganze Zeit schon? Aber das konnte nicht sein, er hatte doch gerade eben noch auf der anderen Seite des Hofs gestanden.

„Wir interessieren uns für Ihre Ranch“, sagte Jonas. „Allerdings sind wir keine Anfänger mehr. Wir reiten schon länger. Auf der Sunshine Ranch gleich hier in der Nähe. Kennen Sie die?“

Ausgerechnet Jonas sagte das, der noch nie auf einem Pferd gesessen hatte! Aber die Strategie war gar nicht so verkehrt, dachte Tori. Vielleicht hatte der Typ ja einen von ihnen gestern auf der Sunshine Ranch gesehen und wiedererkannt.

„Hervorragend“, sagte der Mann und lächelte so breit, dass die Goldkronen auf seinen Backenzähnen aufblitzten. „Darf ich mich vorstellen? Frank T. Rudolf.“ Er reichte Jonas die Hand, aber bevor der sie ergreifen konnte, zog Herr Rudolf sie blitzschnell zurück und lachte schallend. „Nicht doch! Wir sind doch Gentlemen." Er blinzelte Jonas verschwörerisch zu, wobei er die Hand Tori entgegenstreckte. „Ladys first."

Nachdem Herr Rudolf auch Sina und den beiden Jungen die Hand gegeben hatte, führte er sie am Stall vorbei.

„So, so, ihr reitet also schon länger. Na, dann wollt ihr bestimmt die Pferde sehen."

„Warum darf man denn den Stall nicht betreten?", fragte Sina, während sie in Richtung Pferdeweide gingen. „Haben Sie da ein krankes Pferd drin?"

Tori hätte sie vor Wut treten können. Wie dumm, Herrn Rudolf auch noch darauf anzusprechen! Jetzt wurde er bestimmt misstrauisch!

Aber Herr Rudolf zuckte nicht mit der Wimper. „Ein Neuerwerb", erwiderte er betont freundlich. „Sehr nervöser Hannoveraner. Ich lass ihm einige Tage Ruhe, bevor ich ihn mit den anderen Tieren vertraut mache. Und Menschenmassen verträgt er zurzeit gar nicht."

Sina nickte verständnisvoll. Wenigstens fragte sie nicht weiter.

„Habt ihr schon unseren Info-Prospekt?" Herr Rudolf zauberte vier Werbeflyer aus der Tasche und verteilte sie. „Doppelt gemoppelt hält besser", sagte er, als Viktor ihn darauf aufmerksam machte, dass er den Prospekt bereits in der Hand hielt. Dann lachte er laut, wie über einen besonders originellen Scherz.

Es ging an einem Schuppen vorbei und einen unkrautüberwucherten Pfad entlang. Meterhohe Brennnesseln wuchsen zu beiden Seiten des Wegs. Sie mussten hintereinandergehen, um sie nicht zu berühren.

„Hier muss noch einiges getan werden“, sagte Herr Rudolf mit Blick auf das Unkraut. „Wird schon werden.“ Er duckte sich, um einer besonders hohen Brennnesselranke auszuweichen. „So, da vorne hätten wir also unsere Schätzchen.“

Stolz wies er auf eine Pferdekoppel, die im grellen Licht der Mittagssonne lag. Die Grasfläche war höchstens ein Viertel so groß wie die Weide auf der Sunshine Ranch. Es gab aber auch nur zwei Pferde auf der Koppel, einen Haflinger-Wallach und eine hochbeinige Holsteiner-Stute.

Herr Rudolf schnalzte mit der Zunge und holte zwei Zuckerstückchen aus der Hosentasche. Zucker! Sue wäre in Ohnmacht gefallen, wenn sie das gesehen hätte. Auf der Sunshine Ranch gab es nur in Notfällen Zucker – zum Beispiel, wenn man einem Esel ein Beruhigungsmittel verabreichen musste.

Ohne die Köpfe zu heben, setzten sich die beiden Pferde in Bewegung und trotteten auf sie zu. Sie sahen furchtbar krank aus, stellte Tori erschrocken fest, ihr Fell wirkte struppig und glanzlos, die Augen waren stumpf. Und sie waren so mager, dass die einzelnen Rippen und die Hüftknochen weit hervortraten.

„Wo sind denn die anderen?“, fragte Jonas.

Herr Rudolf räusperte sich. „Wie schon gesagt, einer ist im Stall. Er muss erst akklimatisiert werden, sozusagen.“ Er räusperte sich noch einmal. „Der Rest wird in den nächsten Tagen und Wochen gebracht. Wir starten ja ganz neu, da kann nicht alles hopplahopp fertig sein.“

„Nein“, sagte Jonas. „Natürlich nicht.“

Tori dachte an Becky und schauderte. Ein paar Wochen in der Obhut dieses Typs, und die Stute würde vermutlich genauso erbärmlich aussehen wie ihre Artgenossen auf der Koppel. Sie mussten sie so schnell wie möglich aus seiner Gewalt befreien. Aber wie?

„Wenn ihr wollt, könnt ihr gleich die Kurse buchen“, schlug Herr Rudolf jetzt vor. „Und weil heute sozusagen unser Geburtstag und euer Glückstag ist, mach ich euch sogar einen Sonderpreis. Eine Zehnerkarte inklusive Adventure-Ausritt und Outfit für 89,99 Euro. Was sagt ihr dazu?“

„Aber Sie haben doch gar nicht genügend Pferde für uns vier“, wandte Sina ein.

„Ich hab ja gesagt, dass die in den nächsten Tagen hier angeliefert werden. Außerdem könnt ihr eure Reitstunden ohnehin nur nacheinander nehmen. Ich gebe grundsätzlich nur Einzelunterricht. Und ich kann mich ja nicht vierteilen.“ Er lachte, aber der Blick, mit dem er Sina bedachte, wirkte genervt.

„Sie sind also auch der Reitlehrer?“, fragte Tori.

„Was dagegen?“, fragte Herr Rudolf zurück. Dann klatschte er in die Hände. Der Haflinger-Wallach wieherte erschreckt und wich ein paar Schritte zurück. Der Mann schien seine Angst gar nicht zu bemerken. „Warum gehen wir nicht in mein Büro und machen die Verträge?“, fragte er geschäftig.

Tori und Sina wechselten einen Blick. Verträge, meine Güte, der Typ kam ja gleich zur Sache!

„Was ist?“, fragte der Ranchbesitzer, als keiner von ihnen antwortete.

„Wir müssen doch zuerst mit unseren Eltern reden“, erwiderte Jonas diplomatisch.

„Ach so.“ Die falsche Fröhlichkeit verschwand aus Herrn Rudolfs Gesicht, als habe einer eine Lampe ausgeknipst. „Na, dann gebe ich euch die Formulare eben mit. Aber Achtung: Das Supersonderangebot gilt nur bis morgen. Wenn ihr euch bis dahin nicht entschieden habt, muss ich euch leider den vollen Preis berechnen. Habt ihr das verstanden?“

„Ich glaube schon“, sagte Viktor.

Eine schreckliche Entdeckung

Obwohl sie wie erschlagen war, konnte Tori nicht einschlafen. Nachdem ihnen klar geworden war, dass sie während des Eröffnungsfestes keinen Blick in den Stall werfen konnten, waren sie zurück zur Sunshine Ranch geradelt. Gemeinsam hatten sie ausgemistet, die Tiere versorgt und die Pferde von der Weide geholt. Fritz, der den ganzen Tag damit verbracht hatte, nach Becky zu schreien, war am Abend so erschöpft gewesen, dass er in seinem Paddock sofort eingeschlafen war.

Tori war todmüde und dennoch wälzte sie sich ruhelos hin und her. Sie musste die ganze Zeit an die beiden ausgemergelten Pferde denken. Wie verschreckt der Wallach zurückgezuckt war, als Herr Rudolf in die Hände geklatscht hatte. Dieser Mann war ein Verbrecher, ein Tierquäler! Wenn er Becky gestohlen hatte – und daran bestand kein Zweifel –, war die Stute in höchster Gefahr! Dann mussten sie so schnell wie möglich handeln. Aber wie?

Sina war dafür gewesen, gleich zur Polizei zu gehen. Jonas hatte jedoch eingewandt, dass die Polizisten die

Ranch nicht ohne offizielle Erlaubnis durchsuchen konnten. „Die Beweislage ist zu dünn für einen Durchsuchungsbefehl“, hatte er erklärt. „Und freiwillig wird dieser Rudolf die Bullen bestimmt nicht auf die Ranch lassen.“

Tori hatte vorgeschlagen, dass sie die Sache selbst in die Hand nahmen. „Wir schleichen uns rein und sehen einfach nach, ob Becky da ist. Und wenn wir sie finden, haben wir den Beweis, den wir brauchen. Und nehmen sie gleich mit!“

Aber sowohl Sina als auch Viktor waren dagegen gewesen.

„Dieser Rudolf ist doch jetzt alarmiert und passt doppelt und dreifach auf, dass Becky nicht entdeckt wird“, wandte Viktor ein.

„Willst du Becky einfach ihrem Schicksal überlassen?“, fragte Tori wütend. „Oder was schlägst du vor?“

„Wir sollten die Ranch eine Weile lang beobachten“, erwiderte Viktor. „Wir müssen rauskriegen, ob Becky wirklich dort ist, und wenn ja, ob Rudolf sie im Stall versteckt. Sobald wir uns sicher sind, rufen wir die Polizei.“

„Ach“, sagte Tori sarkastisch. „Und wie, bitte schön, sollen wir das schaffen? Wir haben doch schon alle Hände voll mit der Sunshine Ranch zu tun. Wie sollen wir da noch nebenbei McHopp überwachen?“

„Wir sind ja auch noch da“, sagte Jonas. „Ich frag die

Jungs, die helfen bestimmt. Und wenn wir uns abwechseln, schaffen wir das locker."

Damit waren auch die anderen einverstanden gewesen, alle bis auf Tori. Jonas war abgezogen, um seine Freunde zu informieren und den Wachdienst zu organisieren. Die Mädchen waren nach Hause gefahren.

Jetzt lag Tori im Bett und fand keinen Schlaf.

Sobald sie die Augen schloss, hörte sie Fritz heulen und Becky wimmern. *Hilf mir doch, Tori*, flehte sie. *Ich verlasse mich auf dich.*

Irgendetwas knallte von draußen gegen ihre Fensterscheibe. Ein Vogel, der die Scheibe nicht gesehen hatte? Aber welcher Vogel flog in der stockfinsteren Nacht durch die Gegend?

Da war das gleiche Geräusch noch einmal! Das war kein Vogel, da draußen stand jemand und warf Steinchen gegen die Scheibe.

Tori rannte auf nackten Füßen zum Fenster.

Als sie es öffnete, flog ein kleiner Kiesel haarscharf an ihrem Kopf vorbei. „Verdammt! Pass doch auf!", zischte sie wütend in die Schwärze der Nacht hinein.

„Sorry! Tut mir leid."

Die Stimme kannte sie nicht. Oder doch?

„Wer ist denn da?"

„Ich. Äh, Jonas."

Jonas? Was wollte der um diese Zeit vor ihrem Haus? Und woher wusste er, in welchem Zimmer sie schlief?

„Kannst du mal runterkommen?“, rief er halblaut.

Ob Jonas was Neues herausgefunden hatte? „Ich komme.“ Sie machte das Fenster wieder zu, tastete im Dunkeln nach ihrer Jeans und schlüpfte hinein. Bloß leise, damit ihre Eltern nichts mitbekamen. Lautlos öffnete sie die Tür und schlich nach draußen.

„Ich hab's mir noch mal überlegt“, sagte Jonas, als sie kurz darauf neben ihm stand. „Die Sache lässt mir einfach keine Ruhe. Ich meine, dieses Pferd ist doch schwanger …“

„Trächtig“, korrigierte Tori ihn.

„Was auch immer. Auf jeden Fall will ich wissen, ob es in dem Stall ist.“

„Das heißt?“

„Ich fahr jetzt zur Ranch und brech da ein.“

Tori zögerte keine Sekunde. „Ich komm mit.“

„Das ist gut“, sagte Jonas. Dann drehte er sich ohne ein weiteres Wort um und ging zu seinem Fahrrad, das am Zaun lehnte.

Tori holte ihr Rad aus der Garage. Sie kam sich vor wie in einem wirren Traum. Fuhr sie wirklich mitten in der Nacht auf die fremde Ranch, um in den Stall einzubrechen? Vielleicht war sie ja eingeschlafen und erlebte das alles gar nicht wirklich? Sie kniff sich in den Arm. Zumindest tat es weh.

„Woher wusstest du überhaupt, wo mein Zimmer

ist?“, fragte sie Jonas, während sie nebeneinanderher fuhren.

„Am Fenster hängen Vorhänge mit Hufeisen drauf“, meinte er. „Irgendetwas sagte mir, dass das nicht der Geschmack deiner Eltern ist.“

Kurz vor der Ranch schalteten sie ihre Fahrradlampen aus. Es war Vollmond und ziemlich hell. Ihre Körper warfen lange Schatten im Mondlicht.

„Und jetzt?“, flüsterte Tori, nachdem sie die Räder abgestellt hatten. „Was ist, wenn Herr Rudolf einen Wachhund hat?“

„Hast du heute Mittag einen gesehen?“, fragte Jonas zurück.

„Nee.“

„Dann gibt es auch keinen.“

Tori war nicht überzeugt. Vielleicht hatte Herr Rudolf seinen Bluthund beim Eröffnungsfest ja weggesperrt, damit er die Besucher nicht anfiel. Aber jetzt hielt er Wache, gleich würde er sich auf Tori stürzen und seine Zähne in ihre Waden graben …

Ob Jonas auch Angst hatte? Sie hätte gerne seine Hand genommen, aber das ging natürlich nicht.

Sie schlichen durch das Tor auf die Ranch. Ohne die Besucher und den Würstchenstand wirkte der dunkle Hof riesig. Das Mondlicht tauchte die Pflastersteine in ein kaltes Licht. Wie in einem Aquarium. Sie gingen nicht quer über den Platz, sondern nutzten den Schatten, den die Gebäude warfen.

Kein Hundegebell, kein Knurren, keine Zähne. Noch nicht.

Am Stall hingen immer noch die Warnschilder. „Betreten verboten."

Tori war versucht umzudrehen. Wie sollten sie überhaupt hineinkommen? Die Tür war bestimmt abgeschlossen.

Aber als Jonas die Klinke nach unten drückte, ging die Tür einfach auf. Intensiver Pferdegeruch schlug ihnen entgegen, vermischt mit dem Gestank von nasser Einstreu und fauligem Gras. Hier war schon lange nicht mehr ausgemistet worden.

„Pfui Teufel", murmelte Jonas.

Er betrat den Stall als Erster.

Hu, hier war es so dunkel, dass man die Hand vor Augen nicht erkennen konnte. Wie sollten sie Becky sehen, wenn sie wirklich hier war? Als plötzlich das Licht anging, schrie Tori leise auf.

„Schschsch!" Jonas drehte sich zu ihr um, den Finger auf die Lippen gelegt. Er hatte eine Taschenlampe in der Hand.

Toris Herz raste wie verrückt. Was, wenn jemand von draußen den Schein der Lampe sah? Der Stall hatte keinen zweiten Ausgang, wenn sich einer näherte, saßen sie in der Falle.

„Mach doch das Licht aus!“, zischte sie.

Jonas antwortete nicht, er sah sie auch nicht an, er griff einfach nur nach ihrer Hand. Seine Finger waren warm, sein Griff war fest. Er schien genau zu wissen, was er tat. Tori wurde sofort ruhiger.

Hand in Hand gingen sie die Stallgasse entlang. Jonas richtete die Taschenlampe nach unten, dennoch erkannte Tori den Kopf des Haflingers und der Holsteiner Stute. Sie wartete darauf, dass die beiden Tiere sie neugierig beschnupperten. Aber die Pferde beachteten sie gar nicht. Mit hängenden Lidern starrten sie apathisch zu Boden.

„Da hinten ist noch eins“, flüsterte Jonas.

Seine Finger umschlossen ihre Hand noch fester.

Becky, dachte Tori. Ihr Herz schlug auf einmal so laut, dass man es bestimmt auf der ganzen Ranch hören konnte.

Der Lichtschein der Taschenlampe wanderte ein Stückchen höher.

Tori hielt den Atem an.

Das Pferd in der Box war nicht Becky.

Es war ein dürrer Apfelschimmel, der sich schnaubend und verängstigt in die hinterste Ecke seines Verschlags drängte.

„Ist es das?“, flüsterte Jonas. „Ist das euer Pferd?“

Tori schüttelte den Kopf. Sie wollte Jonas die Taschenlampe aus der Hand nehmen, damit er das arme

Tier nicht noch mehr erschreckte. Aber im selben Moment entdeckte sie die Wunde am Hals des Schimmels. Eine lange, hässliche, eiternde Verletzung.

Es sah aus wie ein Peitschenhieb, der die Haut aufgerissen hatte. Vielleicht war das Tier aber auch an einem Stacheldraht hängen geblieben. Auf jeden Fall war die Wunde nicht versorgt worden.

Jetzt griff Tori doch nach der Lampe und ließ den Lichtschein über das hellgrau gefleckte Fell wandern. Der ganze Körper des Pferdes war mit offenen Wunden und schlecht verheilten Narben bedeckt.

Der Apfelschimmel stieß ein ängstliches Wiehern aus und drängte sich noch dichter gegen die Wand. Das Licht blendete ihn. Er hatte Angst.

„Schon gut." Tori knipste die Lampe aus.

Die Dunkelheit war wie eine Hand, die ihr die Augen zuhielt.

„Was ist denn jetzt los?", fragte Jonas.

„Das ist nicht Becky", stieß Tori mit gepresster Stimme hervor. „Aber die Polizei müssen wir trotzdem holen."

„Ich verstehe nicht, warum das nicht bis morgen Zeit hat", fragte Jonas, als sie vor der Polizeiwache von den Rädern sprangen. „Wie willst du den Bullen überhaupt erklären, dass wir mitten in der Nacht auf der Ranch herumgestiefelt sind?"

„Mir fällt schon was ein", sagte Tori. Sie zitterte immer noch vor Wut über das, was sie bei McHopp herausgefunden hatten. „Du kannst ja abhauen und dich zu Hause ins Bett legen. Ich werde Anzeige erstatten. Jetzt und hier."

Sie stiefelte die Treppen zum Eingang hoch und stellte erleichtert fest, dass er ihr folgte.

Im Büro der Polizisten brodelte eine Kaffeemaschine. Aus einem Funkgerät drang lautes Rauschen, als ob das Sendegerät in einen Fluss gefallen wäre. Ein verschlafener Polizist nahm zuerst ihre Personalien und dann ihre Aussage auf.

„Hab ich das richtig verstanden, ihr wart gerade eben auf der Ranch?", fragte der Mann, nachdem ihm Tori von dem verletzten Apfelschimmel und den beiden anderen abgemagerten Tieren erzählt hatte. „Seid ihr dort eingebrochen oder was?"

„Na, hören Sie mal", gab Tori empört zurück. „Wären wir dann hier? Wir haben die McHopp Ranch heute Mittag besichtigt. Und ich hab irgendwo auf dem Gelände meinen MP3-Player verloren. Er ist ganz neu und war wahnsinnig teuer. Meine Eltern rasten aus ..." Sie schluckte laut und verzog ihr Gesicht, als wollte sie gleich anfangen zu weinen.

Der Polizist nickte zweifelnd. „Und dann?"

„Ich hab es erst heute Abend gemerkt. Da hab ich Jonas angerufen und wir sind noch mal raus zur Ranch.

Wir haben zuerst geklingelt, aber es hat keiner aufgemacht. Deshalb sind wir in den Stall, um selber nachzusehen. Ich wusste ja, wo ich überall gewesen war. Und da haben wir diesen Schimmel gesehen." Sie schluckte wieder. Diesmal waren die Tränen echt.

Der Polizist stellte noch ein paar Fragen und tippte dann einige Sätze in einen Computer. „Wir werden der Sache morgen Früh nachgehen", meinte er, während der Drucker das Formular mit der Anzeige ausspuckte.

„Morgen Früh?", fragte Tori empört. „Wieso schicken Sie nicht sofort eine Streife hin? Die Zeit drängt. Den Pferden geht es echt schlecht."

„Es sind doch nur Tiere", sagte der Mann gleichgültig. „So, Feierabend für heute. Also, zumindest für euch. Ich bekomme jetzt noch zwei Unterschriften und dann bringen wir euch nach Hause."

Tori protestierte, aber es war sinnlos. Das war doch nicht zu fassen! Vor dem nächsten Morgen würde gar nichts geschehen. Und auch dann war es fraglich, ob die Anzeige für Herrn Rudolf irgendwelche Konsequenzen haben würde. „Es sind doch nur Tiere!" – Wie konnte man nur so herzlos sein?

Die Frist

„McHopp wird dichtgemacht!", jubelte Sina, als sie vom Fahrrad sprang. „Das haben sie gerade im Radio erzählt!"

„Ex und hopp: Polizei schließt Reiterhof!" Auch Tori hatte den Bericht im Lokalsender gehört. Jonas' Vater war Radioreporter. Nachdem ihm sein Sohn von den skandalösen Zuständen auf der neuen Ranch erzählt hatte, war er gleich am Morgen zur Polizei gegangen. Eine Stunde später war McHopp geschlossen worden.

„Den Pferden ging es noch viel schlechter, als es auf den ersten Blick aussah", erklärte Sina. „Der Haflinger war kurz vor dem Verhungern. Und der Apfelschimmel hat so schwere innere Verletzungen, dass es fraglich ist, ob er überhaupt durchkommt."

„Was haben die Bullen denn mit den armen Tieren gemacht?" Hannahs große runde Augen standen von einer Sekunde auf die andere voller Tränen.

„Sie haben sie erst mal ins Tierheim gebracht. Zu dumm, dass Sue nicht da ist. Vielleicht könnten wir die

Pferde ja hier auf der Sunshine Ranch aufnehmen und wieder hochpäppeln."

„Gut, dass Sue nicht da ist", korrigierte Tori Sina. „Auf der Suche nach Becky sind wir nämlich keinen Schritt weitergekommen. Bei McHopp war sie jedenfalls nicht, so viel steht fest."

„Jetzt ist sie schon zwei Tage verschwunden", jammerte Juliana. „Vielleicht hat sie ihr Fohlen schon bekommen."

„Wir sind auf jeden Fall genauso schlau wie am Anfang", sagte Sina.

„Nee", meinte Tori. „Ein bisschen weiter sind wir schon. Wir wissen jetzt, dass es überhaupt keinen Sinn hat, zur Polizei zu gehen. Die würden nur Sue alarmieren und sonst gar nichts unternehmen. Es geht ja nur um Tiere." Sie spürte eine Welle von Wut in sich hochschwappen, wenn sie an den Polizisten dachte, der ihre Anzeige aufgenommen hatte.

„Das seh ich anders. McHopp haben sie doch gleich geschlossen", widersprach Sina.

„Aber nur, weil Jonas' Vater so einen Wirbel veranstaltet hat", erklärte Tori. „Sonst hätten die unsere Anzeige einfach ignoriert."

Natürlich war Herr Spitzer alles andere als begeistert gewesen, als sein Sohn von einer Polizeistreife nach Hause gebracht worden war. Aber nachdem Jonas ihm alles erzählt hatte, hatte er sich hinter ihn gestellt.

„Wenn Jonas' Dad nicht damit gedroht hätte, das Ganze publik zu machen, dürfte Herr Rudolf auch in Zukunft weiter Pferde quälen. Aber vor der Presse haben die Bullen Angst", ergänzte Tori.

Dann seufzte sie. Ihre eigenen Eltern hatten weit weniger tolerant reagiert.

„Du spinnst wohl, dich nachts aus dem Haus zu schleichen, ohne dass wir etwas davon wissen!", hatte ihr Vater getobt. „Und was war das für eine seltsame Geschichte mit dem MP3-Player, die mir der Polizist da erzählt hat?"

Immerhin hatte er Tori vor den Beamten nicht auffliegen lassen. „Aber wenn noch die kleinste Kleinigkeit passiert, gibt es für den Rest der Ferien Hausarrest", hatte er getobt.

„Wenn wir die Polizei schon nicht einschalten, sollten wir Jonas' Vater vielleicht bitten, dass er eine Suchmeldung über den Sender schickt", überlegte Sina. „Vielleicht hat ja irgendjemand Becky gesehen. Ein Pferd kann sich doch nicht in Luft auflösen."

„Das ist doch Quatsch", meinte Tori. „Wir können die Sache nicht einerseits geheim halten und andererseits übers Radio verbreiten."

„Dann mach du mal einen Vorschlag, wie wir jetzt weitermachen!", meinte Sina beleidigt. „Außer dem Tipp mit McHopp kam ja nicht viel von dir. Und der war auch noch falsch."

Tori schnappte nach Luft. Das war ja wohl der Hammer! Sina, die bisher bei der Suche nach Becky nicht einmal den Hauch einer Idee produziert hatte, machte ausgerechnet ihr Vorwürfe.

„Immerhin hat mein falscher Tipp vermutlich drei Pferden das Leben gerettet", zischte sie. „Aber das ist dir scheißegal."

„Vergiss nicht, dass du für Becky verantwortlich bist", schoss Sina zurück. „Du hast versprochen, dich um sie zu kümmern, solange Sue in den USA ist. Das haben wir sogar schriftlich. Mit deinem Namen drunter."

Tori öffnete den Mund, um zurückzukeifen, aber Myriam war schneller. „Hört doch mal auf! Seid ihr verrückt? Das bringt wirklich überhaupt nichts, wenn wir uns jetzt gegenseitig die Köpfe einschlagen. Lasst uns lieber gemeinsam überlegen, wie wir weitermachen."

„Ich wollte was vorschlagen", sagte Hannah.

„Was?", fragte Tori.

„Lasst uns ausreiten", sagte Hannah. „Wir sind seit Tagen nicht mehr richtig draußen gewesen und die Pferde wurden kaum bewegt. Wenn wir so weitermachen, drehen wir noch alle durch."

„Das ist die beste Idee, die ich seit Langem gehört habe", verkündete Sina.

Was war nur mit Sina los?, überlegte Tori, während die sechs Mädchen auf ihren Pflegepferden hintereinander den Pfad zur Waldwiese entlangtrabten. Tori und sie kannten sich seit dem Kindergarten, seit der ersten Klasse hatten sie in der Schule nebeneinandergesessen. Wenn früher jemand Tori nach ihrer besten Freundin gefragt hatte, hatte sie wie aus der Pistole geschossen *Sina* geantwortet. Und Sina hatte Tori genannt. Sie waren immer wie Pech und Schwefel und Pott und Deckel gewesen. Unzertrennlich. Wie füreinander gemacht.

Früher.

Irgendwann, ohne dass Tori es richtig mitgekriegt hatte, hatte ihre Freundschaft einen Knacks bekommen. Und wenn kein Wunder geschah, würde sie früher oder später vollends zerbrechen.

„Nike ist total glücklich, dass wir endlich mal wieder ausreiten!" Juliana lenkte ihre kleine Haflingerstute neben Tibor, Toris kraftvolles Quarterhorse. „Und ich erst!" Ihr schmales Gesicht leuchtete vor Freude.

Tori beugte sich nach vorn und tätschelte Tibors Hals. Juliana hatte Recht, es war wunderbar zu reiten. Es gab kein schöneres Geräusch als das Trommeln der Pferdehufe auf dem Waldboden. Und kein schöneres Gefühl, als wenn das grüne Gras und der blaue Himmel an einem vorbeiflogen. Wie eine Fahrt auf einem Kettenkarussell. Nein, viel, viel besser.

Tori atmete tief ein. Pferdegeruch, vermischt mit dem

Duft von Frühling. Sie schloss die Augen und spürte den Wind und die Sonne auf ihrem Gesicht.

Als sie die Augen wieder aufmachte, sah sie Sina, die schräg vor ihr auf Jankos Rücken auf- und abhüpfte. Sina schien auch vor sich hinzuträumen und lächelte versonnen. Wahrscheinlich dachte sie an Viktor.

Tori spürte, dass ihr das Glücksgefühl entwich wie Luft aus einem kaputten Fahrradreifen. Sina und Viktor. Viktor und Sina. Die Verliebtheit der beiden ging ihr langsam, aber sicher auf die Nerven. Seit einem halben Jahr waren sie nun schon zusammen und Sinas Augen leuchteten immer noch auf, wenn sie Viktor nur von Weitem sah.

Vielleicht bin ich neidisch, überlegte Tori. Vielleicht nervt es mich, weil die Jungen mich am Anfang besser finden als Sina, aber nach ein paar Tagen fallen lassen wie eine heiße Kartoffel.

Was immer es war, sie wollte Sinas glückliches Gesicht nicht länger sehen. Also senkte sie den Blick auf Tibors flatternde Mähne. Plötzlich musste sie an Jonas denken. Wie er vor ihrem Fenster gestanden hatte. Und wie er in dem dunklen Stall ihre Hand genommen hatte. Warum war er ausgerechnet zu ihr gekommen und nicht zu Hannah oder Juliana oder Sina? Vielleicht war er ja …

Nein, Schluss, Tori wollte nicht darüber nachdenken! Nach der Geschichte mit Marten hatte sie sich geschworen, sich nie mehr auf einen Fußballspieler einzulassen.

Außerdem ist Jonas überhaupt nicht mein Typ, dachte Tori. Er ist zu klein für mich und dann diese langen Haare. Obwohl es schön gewesen war, ihre Finger in seine Hand zu legen.

Tori seufzte.

„Alles okay mit dir?“, fragte Juliana, die immer noch neben ihr ritt.

„Klar doch“, sagte Tori. „Alles bestens.“

Sie waren voller Hoffnung gewesen, dass Fritz seinen Kummer endlich überwunden hatte. Aber als die Mädchen von ihrem Ausritt zurückkamen, hörten sie den Esel bereits von Weitem brüllen. Fritz röhrte so laut und unglücklich, als wäre Becky gerade eben erst entführt worden.

„Das wird ja immer schlimmer“, seufzte Hannah.

„Du weißt doch: Esel sind dickköpfig“, meinte Tori.

„Wir kriegen richtig Ärger mit den Nachbarn, wenn er sich nicht bald zusammenreißt.“

Hannahs Prophezeiung erfüllte sich innerhalb von Sekunden. Im Hof der Sunshine Ranch erwartete sie Frau Fischer mit zwei Männern. Beide trugen Anzug, Krawatte und identische braune Aktentaschen.

„Da kommen sie!“, rief Frau Fischer aufgeregt, als die Mädchen auf den Hof ritten.

„Guten Tag.“ Der jüngere der beiden, ein schlanker Mann mit einer randlosen Brille, rückte nervös an seiner Krawatte. „Mein Name ist Rohn, mein Kollege, Herr Schneider. Wir sind vom Ordnungsamt und suchen den Besitzer dieses Betriebs.“

„Oder einen Verwalter“, ergänzte sein Kollege mit ausdrucksloser Miene.

„Frau Mirador ist im Urlaub“, erklärte Tori. „Geht es um den Esel oder warum sind Sie hier?“

Verdammt, wenn Fritz wenigstens jetzt die Klappe gehalten hätte! Aber er steigerte sein Gebrüll noch, als ginge es um sein Leben.

„Natürlich“, sagte Herr Rohn. „Warum schreit das Tier denn so? Ist es krank?“

„Nein, ihm fehlt nichts.“ Tori räusperte sich, während sie fieberhaft überlegte. „Er ist neu hier auf der Ranch. Und er hat … Heimweh.“

„Heimweh?“ Herr Rohn zog die Augenbrauen so hoch, dass sie weit über seinen Brillengläsern schwebten. „So etwas habe ich ja noch nie gehört.“

„Doch, doch“, sagte Tori. „Esel sind sehr heimatverbundene Tiere. Und wenn man sie entwurzelt, dann müssen sie sich in ihrem neuen Zuhause erst wieder akklimatisieren, sozusagen.“

„Man nennt es das postcasitive Syndrom, sagt der Tierarzt“, fabulierte Hannah. „Es kommt nicht nur bei Eseln vor, sondern auch bei Maultieren.“

„Ach. Und wie lang hält dieses Syndrom so an?“, erkundigte sich Herr Schneider.

„Was?“, fragte Tori.

„Wie lange schreit der Esel?“, übersetzte Herr Rohn.

„Oh, nicht so lang. Ein paar Tage. Fritz hat es schwer erwischt, aber es müsste bald vorbei sein.“

„Die lügen doch wie gedruckt!“, schrie Frau Fischer so laut, dass die beiden Männer zusammenzuckten.

„Ich kann Ihnen gerne die Nummer von Dr. Knopfler geben“, erklärte Tori. „Der wird Ihnen die Sache sofort bestätigen.“

Sie holte ihr Handy aus der Tasche und rief die Nummer der Tierarztpraxis auf.

„Der Esel ist doch gar nicht neu“, protestierte Frau Fischer, während Tori eine Fantasienummer auf einen Zettel kritzelte und den Beamten gab. Es war ein billiger Trick, der sie nicht lange retten würde, aber vielleicht verschaffte er ihnen noch eine kleine Gnadenfrist. „Das Tier ist doch schon seit Jahren auf der Ranch.“

Ihr Mann und sie hassten Fritz aus ihrem ganzen kleinlichen Herzen, seit er vor einigen Monaten Herrn Fischers Kakteenzucht vernichtet hatte.

„Sie irren sich“, behauptete Myriam ruhig. „Fritz 1 war jahrelang auf der Sunshine Ranch. Aber der ist vor einigen Wochen gestorben. Vielleicht die Folge einer Kakteenvergiftung. Der Esel, den Sie hier hören, ist Fritz 2.“

Frau Fischers Kinnlade fiel nach unten. „Also, das ist doch …“

Herr Rohn ließ die falsche Telefonnummer in seiner Jackentasche verschwinden. „Ihr müsst den Esel im Stall lassen, bis er …“, er räusperte sich, „… sein Syndrom überwunden hat. Und wenn die Lärmbelästigung bis Ende der Woche nicht besser geworden ist, müssen wir leider eingreifen.“

„Wie bitte?“, keifte Frau Fischer. „Bis zum Wochenende soll ich diesen Lärm noch erdulden?“

„Eingreifen?“, stotterte Myriam. „Wie meinen Sie das?“

„Wir holen ihn ab“, sagte Herr Rohn.

„Was wollen Sie denn mit ihm machen?“

„Was wohl?“, rief Frau Fischer. „Einschläfern natürlich.“

„Unsinn.“ Herr Schneider schüttelte den Kopf. „Der Esel kommt in ein Tierheim und wird sediert, bis der rechtmäßige Besitzer zurück ist. Dann sehen wir weiter.“

„Becky gestohlen und Fritz im Tierheim“, stöhnte Hannah, als die Nachbarin und die Beamten endlich abgezogen waren. „Wenn Sue zurückkommt und das erfährt, können wir sie direkt in der Nervenklinik anmelden.“

„Sei still. Ich will gar nicht darüber nachdenken“, jammerte Sina.

„Wir müssen sie informieren“, sagte Hannah. „Wir haben viel zu lange abgewartet.“

„Ich bin auch dafür“, stimmte Juliana zu.

„Das kann doch nicht euer Ernst sein!“, rief Tori. „Wir kriegen Becky wieder. Wir müssen nur noch einmal ganz neu an die Sache rangehen!“

„Aber wie?“, fragte Sina. „Wir haben nicht die Spur einer Idee. Dieser Rudolf war es nicht. Und die Jungen sind auch unschuldig. Wo willst du denn suchen?“

„Also, ich bin dafür, dass wir Sue Bescheid geben“, erklärte Hannah.

„Das sagtest du bereits“, meinte Tori.

„Ich glaube, Hannah hat Recht“, sagte Sina.

Tori verzog das Gesicht. Das war ja klar, dass Sina ihr in den Rücken fiel.

„Und ihr?“, erkundigte sich Tori bei Ayla und Myriam, die bisher geschwiegen hatten. „Seid ihr auch dafür, Sue verrückt zu machen, sodass sie ihre kranke Mutter im Stich lässt und wieder nach Deutschland zurückfliegt? Sie kann hier nichts anderes tun als wir.“

„Nein“, sagte Ayla. „Oder doch. Ich weiß es einfach nicht.“

„Ich glaube, es ist besser, wir informieren sie“, flüsterte Myriam.

Tori vergrub ihr Gesicht in den Händen. Ein paar Sekunden lang schwiegen sie alle. Nur Fritz heulte zum Steinerweichen.

Dann hob Tori den Kopf.

„Wir machen es so", entschied sie. „Wir setzen uns eine Frist. Wenn wir morgen Abend um sechs bei der Suche nach Becky keinen entscheidenden Schritt weiter sind, dann wähle ich eigenhändig Sues Nummer und erzähl ihr, was passiert ist. Aber bis morgen Abend setzen wir alles daran, den Fall allein zu lösen. Okay?"

Die anderen zögerten eine Weile. Schließlich stimmten sie zu.

Noch ein Tag, dachte Tori, als sie in den Stall gingen, um die Pferde abzusatteln und zu füttern. Vierundzwanzig Stunden. Die Uhr tickte.

Die Karte

Irgendetwas hatten sie übersehen. Einen Hinweis, eine Spur, ein Detail, das ihnen hätte auffallen müssen, aber weil sie sich so auf diesen Rudolf und seine blöde Ranch versteift hatten, hatten sie es nicht bemerkt.

Es ist irgendwo in meinem Kopf, dachte Tori auf dem Nachhauseweg. Eine Erinnerung, die verschüttet war. Die unter der Oberfläche ihres Bewusstseins schwamm, zum Greifen nah. Doch immer, wenn Tori versuchte, sie herauszufischen und festzuhalten, tauchte sie wieder unter.

Es war zum Verrücktwerden.

Wahrscheinlich wäre es am besten, wenn sie gar nicht länger versuchen würde, sich zu erinnern. Dann würde ihr Gehirn sich entspannen und das Gesuchte prompt zum Vorschein bringen. So wie ihr auch sämtliche Französischvokabeln ein paar Stunden nach der Klassenarbeit wieder einfielen.

Das Problem war nur: Sie hatte keine Zeit. Wenn sie sich jetzt nicht bald an alles erinnerte, dann war es zu spät.

Als sie in ihre Straße einbog, sah sie einen Jungen in ihrer Einfahrt auf einem Skateboard sitzen. Jonas, dachte sie und spürte, wie ihr Herz vor Aufregung einen Sprung machte. Aber dann erkannte sie, dass es gar nicht Jonas war, sondern der kleine, schmächtige Typ, den sie neulich mit den anderen auf dem Bolzplatz gesehen hatte. Yannis oder wie er hieß.

„Hi." Als er sie sah, stand er auf und fuhr sich nervös mit der Hand durch die Haare.

„Was gibt's denn?", fragte Tori.

„Ihr sucht doch das Pferd", sagte der Junge. „Oder habt ihr es inzwischen gefunden?"

„Ja. Ich meine, nee. Also, was ist los?"

„Ich hab da was für dich." Er zerrte ein zusammengefaltetes Blatt Papier aus seiner Hosentasche. „Vielleicht ist es ja Quatsch. Aber ich dachte, es könnte wichtig sein. Obwohl ich natürlich nicht weiß …"

Du meine Güte, der Typ machte es aber spannend. „Gib schon her", sagte Tori ungeduldig und nahm ihm das Blatt ab.

„Zirkus Manzini", las sie, als sie es aufgefaltet hatte. „Tiere, Artisten, Sensationen." Sie sah ihn verständnislos an. „Was soll das denn?"

„Das ist das Plakat eines Wanderzirkus", erklärte er. „Die waren letzte Woche hier in der Gegend. Bis zum Montag. Und euer Pferd ist doch am Sonntag verschwunden."

„Du meinst, die Zirkusleute haben Becky geklaut? Aber wie kommst du darauf? Hast du einen von ihnen in der Nähe der Ranch gesehen?“

„Ich weiß nicht, ob es einer vom Zirkus war. Aber da war so ein schwarzhaariger Typ mit Ohrring und Schnurrbart, der sich eine Weile lang am Tor herumgedrückt hat. Sah so aus, als ob er die Ranch beobachtete.“

„Was, echt? Bist du sicher?“

„Klar.“ Er nickte, ohne sie dabei anzusehen. „Ich muss jetzt los“, sagte er dann unvermittelt. „Also, wie schon gesagt, vielleicht hilft dir das ja weiter.“

Er schob sein Skateboard zurecht, stieg auf und rollte von der Einfahrt.

„He, warte doch mal!“

Yannis winkte noch einmal, dann bog er um die Ecke.

Tori starrte auf das kleine Plakat. Es stimmte, der Wanderzirkus war wirklich vom Donnerstag bis zum Montag in der Stadt gewesen. Aber diese Geschichte mit dem Schwarzhaarigen und dem Ohrring. Irgendwie kam Tori das seltsam vor. Vielleicht wollten Yannis und die anderen Jungen sie ja reinlegen. Aber warum?

Nach dem Abendessen überlegte sie eine halbe Stunde lang, ob sie Jonas anrufen sollte. Sie tippte seine Nummer ein paarmal ins Telefon und wählte sie dann doch nicht.

Beim siebten Mal gab sie sich einen Ruck und drückte auf das grüne Hörersymbol. Mit klopfendem Herzen lauschte sie, wie es im Telefon piepste und tutete.

„Jonas Spitzer."

Oh Schreck, er nahm sofort ab, als hätte er neben dem Telefon gesessen und darauf gewartet, dass es klingelte.

„Ich bin's."

„Tori!"

Diesmal erkannte er ihre Stimme sofort. Das war doch ein Fortschritt zu ihrem letzten Telefonat!

„Warum rufst du an?"

Warum rief sie an? *Ich wollte nur mal deine Stimme hören*. So ein Quatsch, das ging natürlich gar nicht.

„Yannis war vorhin bei mir."

„Wer?"

„Na, dieser Yannis, der Kleine, der mit euch Fußball spielt."

„Ach, du meinst Hannes. Was wollte der denn von dir?"

Wenn die Jungen sie wirklich reinlegen wollten und Jonas davon wusste, dann spielte er den Ahnungslosen wirklich gut.

„Er wollte mir helfen. Zumindest sagt er das." Sie erzählte Jonas von dem Wanderzirkus und dem Schnurrbartmann mit dem Ohrring.

„Hm", meinte er. „Komische Geschichte. Nur weil

der Typ schwarze Haare und einen Schnurrbart hat, soll er was mit dem Zirkus zu tun haben?“

„Ich fand es auch eigenartig.“

„Man müsste rausfinden, wohin der Wanderzirkus gezogen ist“, überlegte Jonas.

„Aber wie?“ Tori starrte ratlos auf das zerfledderte Plakat. „Da steht nur eine Telefonnummer.“

„Super. Ruf die doch einfach an.“

„Um zu fragen, ob sie Becky gestohlen haben? Spinnst du?“

„Nee. Frag nach, wo der Zirkus gerade gastiert. Und ob sie einen Typ mit Schnurrbart und Ohrring in der Truppe haben.“

„Hm.“

„Ist das eure einzige Spur?“, fragte Jonas. „Vielleicht solltet ihr doch lieber die Ranchbesitzerin informieren, dass Becky …“

„Hör auf!“, unterbrach Tori ihn.

Jonas schwieg.

Vielleicht hätte sie ihn nicht so anfahren sollen. Schnell erzählte sie ihm von der Frist, die sie sich gesetzt hatten. Vierundzwanzig Stunden.

„Was hältst du davon?“, fragte sie, als er immer noch nichts sagte.

„Keine Ahnung“, meinte er. „Was willst du denn bis morgen Abend groß rauskriegen?“

„Ist das das Einzige, was dir dazu einfällt?“

„Hm.“ Sie konnte förmlich hören, wie er mit den Schultern zuckte. „Soll ich rüberkommen und dir helfen?“, fragte er dann.

„Jetzt?“, entgegnete sie entgeistert.

„Ich mein ja nur. Dann eben nicht.“

„Also gut“, sagte Tori.

Sie ließ ihn durch die Kellertür ins Haus. Auf Socken schlichen sie sich hoch in ihr Zimmer.

„Puh.“ Jonas klang ziemlich überwältigt.

Toris Zimmerwände waren mit Postern tapeziert. Pferde auf der Weide, Pferde im Sonnenuntergang, Pferde am Meer, Pferde mit und ohne Reiter, galoppierende Pferde, wiehernde Pferde, kleine, große, schwarze, weiße und gefleckte.

„Jedenfalls hast du immer Gesellschaft“, meinte er.

„Ich reite schon ziemlich lange“, sagte Tori. „Die Poster haben sich irgendwie so angesammelt.“

„Aha.“

Sie hatte nur einen Schreibtischstuhl, deshalb setzten sie sich nebeneinander auf ihr Bett.

„Ich hab schon versucht, in dem Zirkus anzurufen“, sagte Tori. „Aber da geht keiner ran.“

„Die haben jetzt bestimmt Vorstellung. Wir versuchen es morgen noch mal. Hast du schon Frau Fischer gefragt, ob die was gesehen hat? Der wäre so ein Typ mit Ohrring und Schnurrbart doch aufgefallen.“

Toni sah ihn skeptisch an. „Ich glaube nicht, dass die Fischer mir helfen würde."

„Einen Versuch ist es auf jeden Fall wert. Die steht doch den ganzen Tag am Fenster. Und wenn dieser Kerl Becky gestohlen hat, hat sie ihn vielleicht dabei beobachtet."

Tori nickte und kaute an ihrer Unterlippe.

„Ist was? Worüber denkst du nach?"

„Keine Ahnung. Irgendwie war da noch was. Ich kann mich nur nicht mehr richtig dran erinnern."

„Wie meinst du das – da war noch was?"

„Ich hab ständig das Gefühl, dass ich etwas vergessen habe. Dass ich eine wichtige Sache einfach übersehe."

„Pass auf", sagte Jonas. „Wir gehen den ganzen Sonntag noch mal durch. Du erzählst alles, was passiert ist, bevor ihr gemerkt habt, dass Becky weg ist. Jede Kleinigkeit. Vielleicht fällt dir dann alles wieder ein."

Tori seufzte. „Das bringt doch nichts. Die anderen Mädchen und ich haben das schon so oft durchgekaut."

„Dann machst du es eben noch einmal."

Also gut. Sie erzählte ihm, wie sie morgens die Aufgaben verteilt und die Ställe ausgemistet hatten. Und wie Tori mit Janko in den Roundpen gegangen war, während die anderen ausgeritten waren. Ohne sie. Die Erinnerung versetzte ihr auch jetzt wieder einen Stich. Aber davon erzählte sie Jonas nichts.

„Danach hab ich mich mit meinem Buch auf die Bank hinter dem Haus gesetzt und wollte lernen."

„Und wir haben dich dabei gestört", erinnerte sich Jonas. „Weil wir angeblich so laut waren."

„Weil ihr *tatsächlich* so laut wart", sagte Tori. „Aber egal. Nachmittags war dann Kinderreiten." Sie berichtete von dem Andrang vor der Kasse und wie genervt sie gewesen war. „Und nachdem ich die Kasse geschlossen habe, hab ich gesehen, wie Rudolf seine Prospekte verteilt hat. Und dann bin ich nach Hause. Und so gegen neun hat Juliana angerufen und nach Becky gefragt."

„Jaja", meinte Jonas. „War das wirklich alles? Bist du ganz sicher?"

Nein, das war sie eben nicht.

„Ich hab das Gefühl, dass da ein schwarzes Loch in meinem Kopf ist", jammerte Tori.

„Wo?" Jonas nahm ihr Gesicht in beide Hände und starrte ihr mit gespieltem Entsetzen auf die Stirn. „Ich sehe nichts."

Uuuh, das war aber komisch, seine Hände an ihren Wangen zu spüren! Komisch und auch wieder ganz gut. Er fand es wohl auch komisch, jedenfalls nahm er seine Finger schnell wieder weg.

Tori räusperte sich. „Kennst du das? Man versucht krampfhaft, sich an eine Sache zu erinnern, und es geht einfach nicht."

„Klar.“ Jonas nickte. „Ich könnte ja mal probieren, dich zu hypnotisieren. Vielleicht fällt dir dann alles wieder ein.“

„Vielleicht war da ja auch gar nichts. Vielleicht bilde ich mir nur ein, dass ich etwas vergessen habe.“

Jonas schnappte sich eine Tesafilmrolle von Toris Schreibtisch. Er zog ein Stück Klebeband ab und ließ die Rolle daran vor Toris Gesicht hin- und herschwingen.

„Konzentrier dich ganz auf das Pendel“, beschwor er sie mit tiefer Stimme. „Lass deine Gedanken fließen, entspann dich. Dein Körper wird schwer …“

„Das ist doch totaler …“

„Schschsch!“, machte Jonas. „Wenn du redest, funktioniert es nicht. Konzentrier dich auf das Pendel.“

Sie starrte auf die Tesafilmrolle, bis sie fast zu schielen begann. Jonas' tiefe Stimme hatte etwas sehr Einschläferndes. Tori unterdrückte ein Gähnen.

„Du bist jetzt ganz entspannt“, verkündete Jonas. „Du siehst nichts als das Pendel. Deine Lider senken sich.“

Das stimmte. Wenn er so weitermachte, würde sie neben ihm aufs Bett plumpsen und auf der Stelle einschlafen.

„Du schließt jetzt die Augen.“

Also gut. Er würde schon sehen, was er davon hatte.

„Du gehst einen Waldweg entlang. In den Baumwipfeln singen die Vögel, du hörst Bienen summen. Es ist sonnig, aber kühl. In der Ferne siehst du ein Haus. Du gehst darauf zu. Es ist ein großes, altes Haus, das du noch nie gesehen hast. Aus dem Kamin auf dem Dach steigt Rauch."

Das war schön. Wenn er allerdings in diesem Tempo weitermachte, dann lag sie im Tiefschlaf, bevor sie sich dem Haus auch nur genähert hatte.

„Vor dem Haus ist ein Garten. Du öffnest das kleine Tor und gehst über einen gewundenen Pfad. Du genießt den Blumenduft und spürst die Sonne auf deiner Haut. Nun bist du an der Tür. Aber du machst sie nicht auf, sondern wirfst zuerst einen Blick durch die Fenster. Die Fensterscheiben sind dunkel. Du kannst nicht in das Innere des Hauses schauen …"

Die Fensterscheiben sind dunkel. Dunkle Fensterscheiben, wo hatte sie in letzter Zeit dunkle Fensterscheiben gesehen?

„Ein leiser Wind kommt auf. Du gehst zurück zur Tür …"

Das Auto. Der Mercedes mit den getönten Scheiben! Tori riss die Augen auf.

„Nicht doch!", rief Jonas. „Was machst du denn? Du musst die Augen schon zu lassen und erst wieder aufmachen, wenn ich es dir sage."

„Der komische Typ, der mit Sue sprechen wollte!"

„Was?" Jonas starrte sie verständnislos an. „Was soll

das denn jetzt?“ Er fing wieder damit an, die Tesarolle hin- und herzuschwenken.

„Mann, hör mir doch mal zu! Mir ist gerade was Wichtiges eingefallen. Ich kapier überhaupt nicht, wie ich das vergessen konnte!“

Jonas ließ die Tesarolle wieder sinken. „Was denn?“

„Ein paar Tage, bevor Sue abgeflogen ist, war ein Typ auf der Ranch. So ein schicker Schnösel im Anzug mit einem teuren Mercedes. Die anderen haben ihn auch gesehen. Er ist mit Sue in ihrem Büro verschwunden.“

„Und was wollte er von ihr?“

„Keine Ahnung. Das hat sie uns nicht erzählt. Aber irgendwie hatte ich den Eindruck, dass sie ihn nicht mochte.“

„Und was hat das mit Becky zu tun?“

„Der Typ ist noch mal aufgetaucht. Am Sonntag, als ich vom Roundpen zurückkam, stand sein Wagen wieder im Hof. Er wollte zu Sue, und als er hörte, dass sie nicht da war, da hat er mir …“ Tori unterbrach sich und schlug sich mit der flachen Hand vor die Stirn. „Die Karte! Der Typ hat mir seine Visitenkarte gegeben!“

Aber wo hatte sie sie hingetan?

„Was?“, fragte Jonas.

Tori hatte schon die Tür ihres Kleiderschranks aufgerissen. Die Jeans, wo war die Röhrenjeans, die sie am

Sonntag getragen hatte? Sie erinnerte sich jetzt ganz deutlich daran, dass sie die Karte in die Hosentasche geschoben hatte.

Da lag sie ja, ganz oben auf dem Hosenstapel. Frisch gewaschen und gebügelt. Gewaschen. Mist, so ein Mist!

Tori riss die Hose aus dem Schrank. Ihre Finger tauchten in die rechte hintere Tasche und stießen – auf einen kleinen Papierklumpen. Keine Visitenkarte der Welt überstand eine 50-Grad-Wäsche mit Schleudergang und anschließendem Besuch im Trockner.

„Hast du sie?", fragte Jonas, der inzwischen ebenfalls aufgestanden war.

Sie streckte ihm die Überreste der Geschäftskarte hin. Ein fasriges Zellstoffgebilde, total zerstört.

„Porentief rein", sagte Jonas.

Schleyer AG

„Versuch dich zu erinnern!“, spornte Jonas Tori an. „Der Name wird dir ja wohl noch einfallen.“

„Ich hab die Karte nur ganz kurz angesehen“, jammerte sie. „Und es war so ein Normalo-Name. Meier oder Schulz oder so was.“

„Schmidt?“, schlug Jonas vor. „Hinz? Kunz?“

„Keine Ahnung. Wirklich nicht. Ich könnte mich ohrfeigen, dass ich die Visitenkarte in der Hosentasche gelassen habe.“

„Okay. Vielleicht fällt dir ja die Firma wieder ein, für die der Typ gearbeitet hat. Was war es denn für ein Unternehmen? Eine Bank? Oder eine Kanzlei?“

Tori stützte den Kopf in beide Hände. Es hätte sie wenig erstaunt, wenn ihr Gehirn plötzlich zu rauchen begonnen hätte wie ein heiß gelaufener Motor.

Verdammt, verdammt, verdammt. Der Name war einfach weg. Auch an das Gesicht des Mannes konnte sie sich nur noch vage erinnern. Er war sehr groß gewesen, das wusste sie noch.

„Soll ich die anderen anrufen?“, fragte sie. „Die haben den Mann doch auch gesehen. Vielleicht können die sich an das Autokennzeichen erinnern."

„Wenn du meinst …" Jonas klang nicht gerade überzeugt.

Die anderen brachten sie auch nicht weiter. Hannah meinte zu wissen, dass es eine Düsseldorfer Nummer gewesen war. Aber sicher war sie sich nicht. Und Sina und Myriam war ein Firmenaufdruck auf der Seite des Wagens aufgefallen. Allerdings erinnerten sie sich nicht mehr an den Firmennamen.

„Den finden wir nie", seufzte Tori, nachdem sie wieder aufgelegt hatte.

„Sag das nicht", meinte Jonas. „Noch ist nicht alles verloren."

Eine Weile lang schwiegen sie gedankenverloren.

„Nehmen wir einmal an, der Typ hat Becky entführt", sagte Jonas schließlich. „Wie hat er sie von der Ranch gebracht? Er hat sie wohl kaum auf seinen Rücksitz gepackt."

„Bevor ich mit ihm gesprochen habe, war er auf der Ranch unterwegs. Dabei hat er Becky in ihrem Paddock gesehen. Vielleicht ist er erst mal weggefahren und später kam er wieder zurück, hat sie vom Hof geführt und in einen Transporter verfrachtet, den er irgendwo in der Nähe geparkt hat."

„Vielleicht." Jonas nickte. „Aber vielleicht ist der Typ auch total unwichtig. Ein Banker, der mit Sue über einen Kredit gesprochen hat oder so was. Das würde auch erklären, warum sie so genervt war."

„Aber dann haben wir gar nichts."

„Da ist noch der Schnurrbartmann mit dem Ohrring, von dem Hannes gesprochen hat. Und der Wanderzirkus. Die Geschichte klingt so strange, dass sie schon wieder wahr sein könnte."

„Hm."

„Du musst morgen Früh unbedingt als Erstes zu den Fischers. Vielleicht haben die etwas gesehen oder bemerkt. Zu irgendetwas müssen die Schnüffler doch auch mal gut sein."

Tori schnaubte spöttisch. Das war ja wohl ein Witz. Ausgerechnet die Fischers waren ihre letzte Hoffnung.

„Was willst du denn hier? Hast du dich an der Tür geirrt?" Frau Fischer sah Tori so misstrauisch an, als befürchtete sie, dass sie sich an ihr vorbeidrängen könnte, um mit schmutzigen Schuhen durch den frisch geputzten Flur zu laufen.

„Ich … also … wir haben ein Problem", stotterte Tori. Sie hatte gestern mit Jonas geprobt, was sie Frau Fischer sagen wollte, aber jetzt, wo sie vor ihr stand, war alles weg.

„Das höre ich", sagte Frau Fischer finster. Von der Sunshine Ranch drang Fritz' Gebrüll herüber. Man hörte es nur sehr gedämpft, weil die Mädchen den Esel inzwischen nicht mehr auf die Weide brachten, sondern im Stall in die hinterste Box sperrten. Aber den Fischers war es natürlich immer noch zu laut.

„Letzte Nacht hat jemand versucht, in die Ranch einzusteigen", begann Tori. „Die Diebe wollten die Tür zum Büro aufbrechen, aber es ist ihnen nicht gelungen, weil der Hund auf sie losgegangen ist und sie in die Flucht geschlagen hat."

Haha, Washington als Wachhund, das war der Witz des Jahrhunderts. Glücklicherweise hatte Frau Fischer keine Ahnung von Washingtons wahrem Wesen.

„Die Einbrecher haben sich wirklich gut ausgekannt", fuhr Tori fort. „Sie müssen die Ranch schon eine Weile lang beobachtet und gewusst haben, dass Frau Mirador im Urlaub ist. Und sonntags ist immer Kinderreiten, danach ist die Kasse gut gefüllt."

„Na, so was." Frau Fischer stemmte ihre Hände in die Hüften. „An dem Einbruch ist doch bestimmt dieser Esel schuld. Das Gebrüll zieht das Gesindel der ganzen Gegend an, so sieht es doch aus."

Tori holte tief Luft. „Haben Sie in den letzten Tagen etwas Verdächtiges bemerkt?"

„Nein", erwiderte Frau Fischer. „Ich hab auch keine Zeit mehr, mir brennt gleich die Marmelade an."

„Sie wohnen direkt neben der Ranch", sagte Tori hastig, bevor Frau Fischer die Tür schließen konnte. „Wenn die Einbrecher bei uns nicht erfolgreich waren, versuchen sie es beim nächsten Mal bei Ihnen. Und Sie haben keinen Hund."

Frau Fischer kniff die Augen zusammen wie eine Katze, die eine Maus vor sich hat.

„Meine Freundin hat einen der Diebe gesehen", fuhr Tori fort. „Einen schwarzhaarigen Kerl mit Schnurrbart und Ohrring."

„Edgar!", schrie Frau Fischer über die Schulter ins Haus. „Komm mal zur Tür!"

Als Herr Fischer herangeschlurft war, musste Tori ihre Geschichte wiederholen.

„Ist dir etwas aufgefallen?", fragte Frau Fischer ihren Mann.

Er zog die Mundwinkel nach unten und schüttelte den Kopf. „Klingt nach einem Ausländer. Nein, so jemanden hab ich hier nicht gesehen."

Tori unterdrückte ein Seufzen. Na super. War ja auch eine bescheuerte Idee gewesen, überhaupt hierherzukommen.

„So einer wär mir aufgefallen", sagte Herr Fischer. „Ich bin keiner von denen, die immer wegschauen. Ich halte die Augen offen."

Seine Frau nickte selbstgefällig. Nein, Desinteresse an ihrer Umgebung konnte man den Fischers wirklich nicht vorwerfen. Jeder wusste, dass sie den lieben langen Tag am Fenster saßen und die Nachbarschaft ausspionierten.

„Haben Sie sonst irgendetwas bemerkt?", fragte Tori ohne große Hoffnung. „Einem anderen Zeugen ist ein schwarzer Mercedes mit verdunkelten Scheiben aufgefallen, der mehrmals verdächtig langsam an der Ranch vorbeigefahren sein soll."

„Verdächtig langsam?", rief Herr Fischer. „Das ist doch totaler Quatsch!"

„Was meinen Sie damit?", fragte Tori verwirrt.

„Der Mercedes ist hier durch-ge-schos-sen!", erklärte Herr Fischer. „Wie eine Rakete. Der hatte mindestens fünfzig Stundenkilometer drauf und hier ist Dreißigerzone."

„Was?", rief Tori aufgeregt. „Wann haben Sie den Wagen gesehen?"

Herr Fischer verzog wieder das Gesicht. „Ist schon ein paar Tage her. Letzte Woche. Und dann noch mal am Wochenende."

„Sonntag?", fragte Tori.

Als Herr Fischer nickte, begann ihr Herz schneller zu schlagen.

„Sie haben sich nicht zufällig die Nummer des Wagens notiert?", fragte Tori aufgeregt.

Herr Fischer zog ein Taschentuch aus der Hosentasche und wischte sich damit umständlich über seine Glatze. Dann faltete er es sorgfältig zusammen und steckte es wieder zurück in die Hose. „Natürlich hab ich die Nummer aufgeschrieben", erklärte er. „Und dann hab ich auch gleich in der Firma angerufen und mich beschwert."

„In der Firma?", keuchte Tori. „In welcher Firma?"

„Schleyer AG. Stand doch großprotzig auf der Wagentür. Hab mich bei der Geschäftsleitung beschwert. Wenn die Angestellten durch die Gegend rasen wie die Irren, dann muss man sie zur Verantwortung ziehen. Na, mich würde es nicht wundern, wenn dieser Vandale auch für den Einbruch verantwortlich ist."

Schleyer AG!, dachte Tori. Natürlich, das war der Firmenname, der auf der Karte gestanden hatte, jetzt erinnerte sie sich wieder. Und nun? Sollte sie sich von Herrn Fischer das Autokennzeichen geben lassen? Ihre Gedanken überschlugen sich.

„Was sagt die Polizei denn? Halten die es für wahrscheinlich, dass die Verbrecher hier in der Gegend noch einmal zuschlagen?", fragte Frau Fischer besorgt.

„Na, das können wir die Beamten selbst fragen. Sie werden sich ja mit uns in Verbindung setzen, um meine Aussage aufzunehmen", sagte Herr Fischer selbstgefällig. „Nicht wahr?"

„Sicher." Tori nickte hastig. „Ich schick sie zu Ihnen."

Dann schnupperte sie. Irgendwas roch hier ziemlich scheußlich. Ein süßlicher und zugleich bitterer Geruch quoll an den Fischers vorbei ins Freie, gefolgt von grauem Dampf. Der ganze Flur stand bereits voller Rauch. „Ich glaube, bei Ihnen brennt was an."

„Meine Marmelade!“, schrie Frau Fischer. „Du lieber Gott!“

Hektisch verschwanden die beiden im Haus.

Tori ergriff die Chance und trat den Rückzug an. Puh, die Marmelade war genau im richtigen Moment angebrannt. Zumindest würde das Chaos in der Küche die Fischers davon abhalten, sofort bei der Polizei anzurufen.

Tibor hob hoffnungsvoll den Kopf, als Tori in seine Box trat. Sonst ritt sie fast jeden Tag mit ihm aus, aber seit Sue weg war, hatte sie es nur ein einziges Mal geschafft. Und im Roundpen waren sie seit letztem Sonntag auch nicht mehr gewesen.

„Es gibt im Moment einfach Wichtigeres zu tun“, flüsterte sie dem Pferd zu.

Tibor schnaubte verständnislos. Wichtigeres als ausreiten? Was sollte das denn sein?

Tori vergrub ihr Gesicht in seiner weichen schwarzen Mähne. Wie gut der Quarterhorse-Wallach roch. Wie vertraut er ihr war. Tori pflegte und ritt Tibor, seit er vor vier Jahren auf die Ranch gekommen war. Im selben Jahr hatte Sue auch Janko gekauft, Sinas Pflegepferd. Und Becky.

Aber um Becky hatte sich keines der Pferdemädchen gekümmert, sie war von Sue selbst versorgt und geritten worden. Und von den Reitschülern. Die gutmütige, geduldige Becky war ein ideales Lernpferd. Auch beim Kinderreiten hatten sie sie immer eingesetzt. Als Sue vor elf Monaten beschlossen hatte, Becky decken zu lassen, waren Tori und ihre Freundinnen ganz außer sich gewesen. Ein Fohlen auf der Ranch, das hatte es schon lange nicht mehr gegeben.

Und nun war Sue in Amerika und Becky war kurz vor der Geburt ihres Fohlens verschwunden. Ob der Mann im Mercedes sie wirklich gestohlen hatte?

Direkt nachdem sie bei den Fischers gewesen war, hatte Tori Jonas angerufen und ihm alles erzählt.

„Ich geh gleich mal ins Internet und schau nach, was ich über diese Schleyer AG rauskriege“, hatte er versprochen. „Ich meld mich später wieder.“ So lange musste sie abwarten.

Die Stalltür öffnete sich. Sina kam mit einem Wassereimer herein. Sie bemerkte Tori erst, als sie fast neben ihr stand.

„Was machst du denn hier? Mann, hab ich mich erschreckt!“

„Sorry. Bringst du Janko auf die Weide?“

„Hm. Ich glaube, ich reite vorher noch eine Runde mit ihm aus.“

„Echt? Ich komm mit!“

Verdammt! Warum musste sie immer direkt losplatzen, bevor sie richtig nachdachte? *Ich komm mit.* Sina hatte bestimmt keine Lust, mit ihr auszureiten. Wahrscheinlich wartete draußen im Hof bereits Viktor auf sie.

„Klar.“ Sina zuckte mit den Schultern. „Warum nicht?“

Zumindest ließ sie sich nichts anmerken. Aber Tori hatte keinen Bock auf die Fünftes-Rad-am-Wagen-Nummer.

„Ist schon okay, wenn du lieber mit Viktor allein sein willst.“

„Nee, Quatsch. Viktor muss heute arbeiten, er kann gar nicht kommen.“ Sina lächelte. „Ich freu mich, wenn wir zusammen ausreiten.“

Ein Lächeln von Sina. Das hatte Tori schon lange nicht mehr bekommen.

Also gut. Sie würden ausreiten wie in alten Zeiten. Als sie noch Freundinnen waren.

Während sie auf den Wald zutrabten, redete Sina die ganze Zeit über das dämliche Geschichtsreferat. Dass sie unbedingt eine Drei in Geschichte brauchte, weil sie ihrer Mutter beweisen wollte, dass die Schule nicht unter der Reiterei litt. Und dass sie noch keinen Handschlag dafür getan hatte, dabei waren die Ferien bald halb vorbei.

Tori verdrehte die Augen. Dieses bescheuerte Referat! Das war wirklich ihr geringstes Problem.

„Naja, ist auch egal“, stellte Sina irgendwann selbst

fest. „Ich weiß gar nicht, warum ich jetzt an die Schule denke."

„Ich auch nicht", meinte Tori. „Wir haben doch zurzeit wirklich andere Sorgen."

„Wenn wir bis heute Abend keine heiße Spur gefunden haben, dann musst du Sue anrufen", sagte Sina.

Danke für die Erinnerung. Als ob Tori das auch nur eine Minute lang vergessen könnte.

„Vielleicht haben wir ja schon eine heiße Spur", sagte Tori. „Also, immerhin sind wir einen Schritt weiter." Sie erzählte Sina von dem Typ in dem schwarzen Mercedes. „Und stell dir vor, zufälligerweise hat Herr Fischer das Autokennzeichen und den Firmennamen notiert!"

„Super! Manchmal ist so ein Spießer doch zu was gut. Und? Wie heißt die Firma?"

„Schleyer AG. Jonas versucht gerade, mehr darüber raus..."

„Was?" Sinas Stimme gellte so schrill durch den Wald, dass beide Pferde zusammenzuckten. Über ihnen kreischte ein Eichelhäher auf und suchte verschreckt das Weite. „*Die* Schleyer AG?"

„Hä?"

„Liest du keine Zeitung?", fragte Sina.

Nein, jedenfalls so gut wie nie. Morgens nahmen Toris Eltern die Zeitung in Beschlag und so sehr interessierte es sie sowieso nicht.

„Das ist ein Pharmakonzern." Jetzt flüsterte Sina auf einmal.

„Ein Pharmakonzern? Ja und?"

„Mann, Tori", wisperte Sina. Ihre Blicke glitten durch den Wald. Toris Augen folgten ihnen unwillkürlich. Stand da jemand, dort hinter der alten Kiefer? Oder da drüben, im Schatten der Tannen? Unsinn!

„Die Schleyer AG ist doch für ihre riesigen Forschungslabors bekannt. Verstehst du nicht?"

Nein, obwohl Toris Herz jetzt bis zum Hals schlug, begriff sie immer noch nichts.

„Die machen Tierversuche." Sinas Stimme war nun kaum zu hören.

Tori riss so erschrocken an den Zügeln, dass Tibor stocksteif stehen blieb. „Was?"

Auch Sina brachte Janko zum Stehen. „Die haben Becky gestohlen, damit sie ihre schrecklichen Tests mit ihr machen können. Und weil sie trächtig ist. Wer weiß, was die mit dem Fohlen anstellen."

„Hör auf! Das ist ja grauenvoll. Das kann ich mir nicht vorstellen ..."

„Ich schon. Das sind Verbrecher. Und man hört doch ständig, dass die für ihre Versuche Katzen und Hunde klauen."

„Aber Pferde?"

„Wo ist da der Unterschied? Zuerst wollte der Typ Becky kaufen. Deshalb war er letzte Woche auf der

Ranch. Aber natürlich hat Sue da nicht mitgespielt. Vermutlich ist sie ausgerastet. Und dabei hat der Mann irgendwie mitbekommen, dass sie für eine Weile weg wollte. Da hat er seine Chance erkannt und zugeschlagen."

Tori dachte an die Prospekte, die die Tierschützer in der Fußgängerzone immer verteilten. An die Fotos von Kaninchen mit entzündeten Augen und kahler Haut, an gequälte Schimpansen, denen man die Schädeldecke entfernt hatte. Tori schaute sich die Bilder niemals genauer an, weil sie einfach zu grauenvoll waren. Und nun waren Becky und ihr Fohlen in den Händen dieser Verbrecher.

„Was machen wir denn jetzt?", fragte sie mit zitternder Stimme.

„Wir reiten erst mal zurück und reden mit den anderen", beschloss Sina. „Und ich glaube, es ist wirklich höchste Zeit, die Polizei einzuschalten."

Ortstermin

„Wenn ihr zur Polizei geht, ist Becky so gut wie tot“, sagte Jonas düster.

Als Tori und Sina von ihrem Ausritt zurückgekommen waren, hatte er schon auf sie gewartet.

„Das ist doch Quatsch“, widersprach Sina. „Wir haben wirklich genug gegen das Unternehmen in der Hand. Wenn die Polizisten die Labors durchsuchen und Becky finden …“

„Die werden gar nichts durchsuchen“, unterbrach Jonas sie. „Warum sollten sie auch? Wir haben nichts als ein paar Vermutungen und vage Verdachtsmomente. Die lachen uns aus, wenn wir deswegen Anzeige erstatten.“

„Das befürchte ich auch“, stimmte Ayla ihm zu. „Die Schleyer AG ist der größte Steuerzahler und Arbeitgeber in der Region. Bevor denen was passiert, müssen schon handfeste Beweise vorliegen. Und die haben wir nicht.“

„Und was schlagt ihr vor?“, gab Sina spitz zurück. „Wollt ihr da etwa auch einbrechen? Das ist ja wohl ein

Witz! Die Schleyer AG ist echt eine Nummer zu groß für uns."

„Wir müssen mehr Informationen sammeln", sagte Jonas. „Ich würde sagen, wir sehen uns dieses Unternehmen mal an."

„Wie meinst du das?", fragte Myriam. „Du kannst doch da nicht einfach so reinspazieren und dich umgucken."

„Vielleicht schon. Ich schreib schließlich für unsere Schülerzeitung. Vielleicht machen die eine Führung für uns."

„Aber die Labors, in denen sie die armen Versuchstiere quälen, zeigen sie dir ganz bestimmt nicht. Die sind doch nicht blöd", erklärte Hannah.

„Ich bin auch nicht blöd. Natürlich lassen die uns nicht ins Labor. Aber je mehr wir über das Unternehmen erfahren, desto besser können wir dagegen vorgehen."

„Also gut. Wann gehen wir hin?", fragte Juliana.

„Wir können auf keinen Fall alle aufkreuzen", sagte Tori. „Die werden sofort misstrauisch, wenn Horden von Jugendlichen auf der Matte stehen."

Sie hoffte, dass Jonas vorschlagen würde, dass sie beide das Ganze übernehmen könnten, aber er schwieg gedankenverloren.

„Ich frag mal die Jungs, ob einer von ihnen Verbindung zur Schleyer AG hat", meinte er nach einer Weile.

„Vielleicht arbeitet ja ein Vater oder Onkel dort, der uns da irgendwie reinbringen kann."

„Sag Bescheid, wenn ich dir helfen kann", sagte Tori.

Sie hatte plötzlich den Eindruck, dass Sina spöttisch lächelte, aber vielleicht täuschte sie sich auch.

Nachdem sie die Ställe sauber gemacht hatten, ging Tori mit Tibor auf den Reitplatz. Als kleine Entschädigung dafür, dass der Ausritt so kurz gewesen war.

Tibor legte sich mit Feuereifer ins Zeug, aber Tori war auch dieses Mal nicht richtig bei der Sache. Sie musste die ganze Zeit an Becky denken. Hatte sie nicht neulich irgendwo gelesen, dass Stuten die idealen Testtiere für die Pharmaindustrie waren? Nicht auszudenken, was die armen Pferde erdulden mussten, damit ein paar blöde Tussis ihre Falten glätten und ihre Gesichter bemalen konnten. Aber dann dachte Tori mit schlechtem Gewissen an die Batterie von Glastiegeln, Schminkstiften und Cremefläschchen, die bei ihnen zu Hause im Badezimmer standen. Das meiste davon gehörte ihrer Mutter, aber Tori benutzte das Zeug mindestens genauso ausgiebig.

Tori schüttelte unwillig den Kopf. Jonas kümmerte sich um die Schleyer AG und sie wollte sich ganz auf Tibor und ihr Reittraining konzentrieren. Sie lenkte den Wallach zu dem kleinen Tor mitten im Roundpen. Direkt davor ließ sie ihn anhalten, dann beugte sie sich aus dem Sattel zum Gatter, öffnete es und ließ ihn hindurchtreten. Lammfromm und geduldig blieb er auf der anderen Seite stehen und wartete ab, bis sie das Tor wieder geschlossen hatte. Perfekt. Sonst machte er bei dieser Übung nie so willig mit. Wahrscheinlich hatte er einfach Angst, dass sie die Reitstunde abbrechen und ihn zurück in den Stall bringen könnte.

„Brav." Tori klopfte dem Quarterhorse anerkennend den Hals. „Und jetzt üben wir den Galoppwechsel. Wollen doch mal sehen, ob du da genauso gut parierst!" Aber als sie ihn gerade zum Rand des Roundpens bewegt hatte, klingelte ihr Handy.

Tibor wieherte unwillig. Nicht unterbrechen, hieß das, lass dich jetzt nicht ablenken!

„Ganz ruhig, Tibor. Es dauert nur einen Moment." Sie klopfte ihm noch einmal den Hals und sprang aus dem Sattel, um ihr Handy aus der Hosentasche zu ziehen.

„Jonas hier."

„Hi. Und? Hast du schon was rausgekriegt."

„Fehlanzeige. Keiner der Jungs hat Kontakte zur Schleyer AG."

„Und jetzt?"

„Geh ich allein hin. Oder willst du mitkommen?"

Tori sah Tibor an. Der Wallach senkte den Kopf.

Sie hatte plötzlich den Eindruck, dass er seine Unterlippe nach vorne schob. Wie ein kleines Kind, das zum wiederholten Mal enttäuscht wird. Tibor wusste, was los war.

Die Reitstunde war zu Ende.

In der gläsernen Empfangshalle der Schleyer AG herrschte Winter. Der dunkle Marmorboden glänzte wie blankes Eis, das Leder der weißen Polstermöbel wirkte wie frisch gefallener Schnee. Die Empfangsdame hinter der riesigen Theke in der Mitte der Halle hatte sich einen Schal um die schmalen Schultern gelegt. Tori trug nur ein T-Shirt und fröstelte.

„Guten Tag." Jonas ging mit forschen Schritten zum Empfangstisch und legte seinen Presseausweis auf die Theke. „Jonas Spitzer vom FFG." FFG stand für Friederike-Fliedner-Gymnasium, aber so selbstbewusst, wie Jonas es aussprach, klang es wie das Kürzel einer Fernsehstation.

„Und?" Die Sekretärin wirkte nicht sehr beeindruckt.

„Ich habe vorhin angerufen. Es geht um die Führung durch den Betrieb."

Die Dame zog die perfekt gezupften Augenbrauen hoch. „Eine Führung? Mit wem hast du denn gesprochen?"

„Mit Herrn … zu dumm, jetzt ist mir der Name entfallen."

Das Lächeln der Empfangsdame flackerte gefährlich. Sie glaubte Jonas kein Wort. Tori schwitzte. Wenn sie nicht schnell die Kurve kriegten, würden sie hochkant rausfliegen.

„Mit dem Kollegen, der für den Ankauf von Versuchstieren zuständig ist. Herr Dr. ... nee, ich weiß den Namen auch nicht mehr“, sagte sie schnell. „Wir haben ihn letzte Woche zufällig auf der Sunshine Ranch kennengelernt und sind mit ihm ins Gespräch gekommen. Über das Thema Tierversuche.“

Jetzt verzog die Sekretärin den geschminkten Mund, als hätte Tori ein unanständiges Schimpfwort gebraucht. Aber zumindest hörte sie ihnen zu.

„Ihr Kollege hat uns angeboten, dass wir ihn für die Schülerzeitung interviewen können. Und er wollte eine Führung mit uns machen.“

„Aha.“ Die Dame zögerte für den Bruchteil einer Sekunde. „Aber wenn ihr den Namen nicht wisst, kann ich euch leider nicht helfen.“

„Schade“, meinte Tori. „Ich hätte mir seine Argumente wirklich gerne angehört. Aber nun müssen wir den Artikel eben ohne die Hintergrundinformationen schreiben.“

„Ich kann unseren Referenten für Öffentlichkeitsarbeit anrufen“, bot die Dame an. „Vielleicht hat der spontan Zeit für euch.“

„Nee danke!“ Tori winkte ab. „Wir kommen auch so zurecht. Im Internet findet man ja eine ganze Menge zum Thema Tierversuche.“

Wieder dieses schreckliche Wort. Die Sekretärin schauderte und zog ihren Schal enger um die Schultern.

„Schönen Tag noch!“ Tori zog Jonas am Ärmel weg. Er wollte nicht mitkommen, das spürte sie ganz deutlich, aber wenn der Bluff nicht funktionierte, hatten sie ohnehin verloren.

„Einen Moment noch!“, rief ihnen die Empfangsdame nach, als sie schon fast an der Tür waren. „Ihr meint nicht zufällig Herrn Dr. Müller?“

Dr. Stefan Müller. Doch. Das war der Name, der auf der Visitenkarte gestanden hatte!

„Er ist zurzeit nicht im Haus“, erklärte die Dame, als Tori und Jonas wieder vor ihr standen. „Aber ich könnte euch seine Durchwahl geben. Ruft ihn an und vereinbart einen Termin mit ihm.“

„Vielen Dank“, sagte Tori. „Sie sind wirklich nett.“

Die Sekretärin lächelte geschmeichelt.

Wenn du wüsstest!, dachte Tori.

Die Schleyer AG war ein Hochsicherheitstrakt. Jeder Versuch, von außen einen Blick auf das Werksgelände zu werfen, war zum Scheitern verurteilt. Das Firmengebäude und die Produktionshallen waren von meterhohen Mauern umgeben.

„Die Fabrik ist perfekt überwacht.“ Jonas zeigte auf eine Kamera, deren Linse von oben auf sie herunterstarrte. „Wahrscheinlich haben die uns schon gescannt und durchsuchen jetzt ihre Datenbank, ob wir vielleicht militante Tierschützer sind."

„Gruselig." Tori reckte den Hals und spähte durch ein Gittertor, hinter dem ein leerer Hof lag.

„Kann ich euch helfen?" Ein uniformierter Wachmann trat auf der anderen Seite aus seiner Portiersloge und starrte sie drohend an.

„Nein, nein." Jonas zog Tori weg.

„Das hat alles keinen Sinn", sagte Tori. „Ohne einen Verbindungsmann kommen wir da nicht rein."

„Und was willst du machen?", erkundigte sich Jonas. „Du willst diesen Müller doch nicht wirklich anrufen?"

„Quatsch. Wir sammeln erst mal weiter."

„Und wie stellst du dir das vor?"

„Mann, Jonas!" Vorsichtshalber drehte sich Tori so, dass die Überwachungskamera ihr Gesicht nicht sah. Vielleicht konnten die Sicherheitsleute, die die Bilder auswerteten, ja Lippen lesen. Um sicherzugehen, senkte sie zudem ihre Stimme. „Mit legalen Mitteln kommen wir hier bestimmt nicht weiter. Wenn wir Becky und ihr Fohlen befreien wollen, müssen wir uns schon etwas Spezielles ausdenken."

„Und das wäre?"

Keine Ahnung. Woher sollte sie das wissen? „Vielleicht sollten wir uns mal ansehen, wie dieser Müller wohnt", schlug sie vor.

Über Jonas' Handy fanden sie Dr. Müllers Adresse schnell heraus. Er wohnte in der Lilienallee, nicht weit von der Sunshine Ranch.

„Wahrscheinlich ist ihm Becky beim Spazierengehen aufgefallen", mutmaßte Tori, als sie vor dem großen Haus vom Fahrrad stiegen. „Er hat gesehen, dass sie trächtig ist, und wollte sie unbedingt als Versuchstier haben."

„Two in one, sozusagen", knurrte Jonas.

Herr Müllers Haus sah eigentlich ganz normal aus. Tori hatte sich eher eine schicke Villa mit Pool und Alarmanlage vorgestellt, aber die Doppelhaushälfte erinnerte sie an ihr eigenes Haus. Nur dass der Vorgarten ziemlich vernachlässigt wirkte. Überall wucherte Unkraut. Und offensichtlich hatte Müller in der letzten Woche vergessen, die Mülltonne rauszustellen. Die graue Tonne quoll über vor Abfall.

„Immerhin gibt es hier keine Überwachungskameras", sagte Jonas.

Wie auf ein Stichwort stürmte ein großer, zotteliger Hund auf das Tor zu, das den Garten hinter dem Haus vom Vorgarten trennte. Er bellte laut und aufgeregt.

„Aber einen Wachhund", meinte Tori.

Der Hund rannte hinter dem Tor auf und ab. Er hörte nicht auf zu bellen. Weil er aber gleichzeitig mit dem Schwanz wedelte, wirkte er nicht sehr bedrohlich.

Und plötzlich hatte Tori eine Idee.

Heinrich

„Du spinnst wohl!“, sagte Jonas, nachdem sie ihm von ihrem Plan erzählt hatte. „Das funktioniert nie und nimmer. Wenn wir das durchziehen, landen wir höchstens im Knast.“

„Als ob die einen wegen so einer Sache einsperren würden!“, erwiderte Tori. „Du hast doch selbst gehört, was der Polizist auf der Wache gesagt hat, als wir diesen Rudolf angezeigt haben. *Es sind doch nur Tiere.*“

Sie saßen in Albertos Eisdiele am Markt und schlürften Erdbeermilkshakes. Wenn die Lage ernst war, brauchte man etwas Süßes, um die Nerven zu stärken, das war Toris Devise. Und die Lage war ernst. Inzwischen war es halb drei. Um sechs Uhr wollten sie sich mit den anderen auf der Ranch treffen, bis dahin mussten sie irgendetwas vorweisen können, sonst war alles aus.

„Ich weiß nicht.“ Jonas schlürfte den letzten Rest aus dem Glas und schob es dann von sich.

„Aber ich!“, rief Tori aufgebracht. „Wenn wir nichts tun, dann passiert auch nichts. Wir müssen diesen Müller aus der Reserve locken, das ist unsere einzige Chance."

„Vielleicht sollten wir lieber noch abwarten."

„Machst du Witze? Wenn wir in den nächsten drei Stunden nichts herausfinden, muss ich Sue anrufen. Und wenn ich es nicht tue, erledigt Sina das für mich, das kann ich dir versprechen."

„Hi! Das ist ja eine Überraschung!"

Plötzlich stand Viktor an ihrem Tisch. Er arbeitete als Aushilfskellner in der Eisdiele, das war Tori ganz entfallen.

„Selber hi", gab sie zurück. „Willst du dich zu uns setzen?" Hoffentlich nahm er das Angebot nicht an.

„Nee. Ich muss in die Küche." Viktor seufzte. „Alles klar bei euch?"

„Sicher." Wie viel er wohl von ihrer Unterhaltung mitbekommen hatte? Und ob er gehört hatte, dass Tori über Sina gesprochen hatte?

„Gibt es schon irgendwas Neues von Becky?", fragte Viktor.

„Nee. Leider nicht."

„Ach, eh ich es vergesse: Ich war vorhin kurz auf der Ranch und hab ein bisschen mitgeholfen. Da war so ein Junge, der hat dich gesucht."

„Eine Junge? Mich? Wie hieß der denn?"

„Weiß ich nicht. Hat sich nicht vorgestellt."

„Und wie sah er aus?"

„Keine Ahnung, ehrlich gesagt. Ich hab gerade Dakota auf die Weide gebracht, da konnte ich mich nicht um ihn kümmern. Und als ich zurückkam, war er schon weg."

Tori sah Jonas an. Jonas zuckte mit den Schultern.

„Ich muss jetzt los", meinte Viktor. „Wir sehen uns ja heute Abend."

„Ich frag mich, wer das war", murmelte Tori, als er weg war.

„Vielleicht Hannes?", schlug Jonas vor.

„Meinst du, er hat noch was über den Wanderzirkus rausgefunden?"

„Könnte sein."

„Hast du seine Handynummer? Ruf ihn doch an."

Jonas wählte, aber nach ein paar Sekunden schüttelte er den Kopf und legte wieder auf. „Mailbox. Hannes hat sein Handy grundsätzlich nicht an."

„Vielleicht versuchst du es später noch mal. Obwohl ich die Geschichte mit dem Zirkus nach wie vor komisch finde. Die Fischers haben auch keinen Schwarzhaarigen mit Ohrring gesehen."

„Wer weiß. Das mit den Tierversuchen klingt auch ziemlich verrückt."

Tori zog die Brauen zusammen. „Sag mal, willst du mir nicht helfen? Kannst es ruhig sagen. Ich zieh das auch alleine durch."

Jonas hob beide Hände. „Klar helf ich dir. Aber wir sollten langsam los. Wenn wir zu lange warten, hat dieser Müller Feierabend und überrascht uns."

„Du hast Recht. Zahlen, bitte!" Sie winkte Viktor, der seinem Kollegen Bescheid sagte. „Lass stecken", meinte sie, als Jonas nach seinem Geldbeutel suchte. „Du bist eingeladen. Wer weiß, wann ich wieder die Gelegenheit dazu habe. Wenn ich heute noch mal Ärger mit der Polizei kriege, dann bekomm ich nämlich für den Rest des Jahres Hausarrest."

Diesmal schlossen sie ihre Räder am Anfang der Lilienallee an einen Baum.

„Wir können sie heute Abend holen oder im Notfall auch morgen Früh", erklärte Tori.

Als sie zurück in die Lilienallee gingen, nahm Jonas ihre Hand. Was war das denn? Ihr Herz rutschte sofort in ihre Magengegend und hüpfte dort wild hämmernd herum.

„Stört dich das?", fragte er, ohne sie anzusehen.

Stört dich das? Hallo? Was war das denn für eine Frage?

„Nee." Ihre Stimme hörte sich an, als ob etwas in ihrem Hals steckte. Sie schluckte. Half aber nichts. „Ist schon okay."

„Ist vielleicht unverdächtiger, wenn wir so tun, als wären wir ein Liebespaar."

„Stimmt. Gute Idee."

Aber wenn sie ehrlich war, war es *keine* gute Idee. Mit seiner Hand in ihrer konnte sie an nichts anderes denken als an Jonas. Und eine solche Unkonzentriertheit konnte man sich als angehender Kidnapper einfach nicht leisten.

„Hast du dir überlegt, wie wir das Tor zum Garten aufkriegen?", fragte Jonas.

„Gar nicht. Das ist garantiert abgeschlossen. Hoffentlich gibt es hinten einen zweiten Zugang."

Der Fußweg, der am Grundstück entlang zur Rückseite des Hauses führte, war so schmal, dass sie nur hintereinandergehen konnten und Jonas Toris Hand loslassen musste. Ihr Herz wanderte wieder nach oben und beruhigte sich. Und ihr Kopf wurde klarer. Gott sei Dank.

„Bingo", murmelte Jonas, als sie das Ende des Wegs erreicht hatten.

Das sah wirklich nicht schlecht aus. Hinten war der Garten nur von einem niedrigen Metallzaun umgeben. Da kam man spielend drüber. Wenn man das wollte. Denn im Garten stand der Hund und bellte und tobte wie von Sinnen.

„Bist du dir sicher, dass der harmlos ist? Der sieht aus, als wollte er uns in Stücke zerfetzen."

„Na hör mal. Der ist total brav. Guck doch mal, wie der wedelt."

Wedelte der Hund wirklich oder wackelte er nur aufgeregt mit dem Schwanz, während er sich die Lefzen leckte? Was wusste Tori überhaupt von Hunden? Nicht viel. Sie kannte im Grunde nur Washington und Sues Neufundländer war nun wirklich kein besonders typisches Exemplar.

Sie ging ein Stück in die Hocke und klopfte mit beiden Händen gegen ihre Oberschenkel. „Ja, feiner Hund", sagte sie. „Bist du ein feiner Hund?"

Der Hund legte den Kopf schief und musterte sie interessiert. Vielleicht fragte er sich, ob sie den Verstand verloren hatte.

„Willst du mit uns spielen?" Tori kramte den kleinen roten Ball aus der Tasche, den sie vorhin in einem Sportgeschäft gekauft hatten. „Bist du ein feiner Hund und willst mit uns Ball spielen?"

„Meine Fresse", murmelte Jonas. „Wenn ich der Hund wäre, würde ich abhauen."

Aber der Hund haute nicht ab. Er rannte aufgeregt auf der anderen Seite des Zauns auf und ab und hechelte und japste, als hielte Tori keinen Ball in den Händen, sondern ein blutiges Steak. Ganz offensichtlich teilte er Washingtons Begeisterung für Ballspiele.

„Komm, mein Süßer. Komm rüber zu mir." Tori warf den roten Ball hoch in die Luft und fing ihn wieder auf. „Was ist, traust du dich nicht?"

Der Hund trat unglücklich von einer Vorderpfote auf die andere. Dann fing er wieder an zu bellen.

Er durfte das Grundstück nicht ohne seinen Herrn verlassen, das wusste er.

Aber im Garten war es entsetzlich langweilig, und dort draußen, wo das fremde Mädchen stand, da war der rote Ball. Da war das schöne, bunte, aufregende, spannende, wunderbare Leben.

Und alles, was ihn davon trennte, war ein beherzter Sprung. Ein Satz über den Zaun.

„Komm!“ Das Mädchen warf den Ball wieder in die Luft. „Du bist doch so ein großer Hund. Trau dich.“

Sie klopfte wieder auf ihre Oberschenkel.

Er durfte nicht. Aber er wollte so gerne. Der Hund setzte sich hin und jaulte herzzerreißend.

„Mist“, sagte Jonas. „Wenn er weiter so jammert, werden die Nachbarn noch auf uns aufmerksam.“

Tori steckte den Ball zurück in die Tasche. „Er kommt nicht“, sagte sie unglücklich. „Er traut sich einfach nicht.“

„Vielleicht ist es besser so“, meinte Jonas. „Vielleicht sollten wir aufgeben. Ist ja auch gar nicht gesagt, dass Becky wirklich in diesem Labor ist. Ich ruf Hannes noch mal an und frag ihn, was er vorhin von dir wollte.“

„Noch ein letzter Versuch.“

Als Tori den Ball wieder herauszog, stand der Hund

sofort auf. Sie warf den Ball hoch, er wich ein paar Schritte zurück. Aber nur, um Anlauf zu holen. Mit einem kraftvollen Sprung setzte er über den Gartenzaun. Allerdings überschätzte er die Entfernung, sodass er gegen Jonas prallte und ihn fast umriss.

Der Hund lag auf Jonas, Tori warf sich auf den Hund. Sie tastete den zotteligen Hundehals ab, während sie gleichzeitig die Leine aus der Tasche riss, die sie vorhin ebenfalls besorgt hatten. Da! Ihre Finger fanden das Halsband und den Ring, in dem man die Leine einhaken konnte.

Klick.

Der Hund war angebunden. Aber er merkte es gar nicht, aufgeregt hechelnd blickte er auf den Ball in Toris Händen. Ging es jetzt los? Ging es jetzt endlich los?

„Nee, tut mir leid“, flüsterte sie, während sie den Ball wieder in ihrer Tasche verschwinden ließ. „Später vielleicht. Aber jetzt müssen wir erst mal hier weg, bevor dein Herrchen zurückkommt und uns hier erwischt.“

Sie brachten ihn in den kleinen Schuppen auf dem Bolzplatz.

„Und du bist dir sicher, dass ihn hier keiner findet?“, fragte Tori.

„Bestimmt nicht“, beruhigte sie Jonas. „Wir treffen uns erst am Dienstag wieder zum Training.“

„Gut. Je weniger von der Sache wissen, desto besser."

„Aber wir können ihn trotzdem nicht allein lassen. Wenn der anfängt zu bellen und die Fischers merken das …"

„Nee, das geht wirklich nicht."

Jonas sah sich etwas zweifelnd um. „Vielleicht kann ich ja heute Nacht hier pennen. Ich könnte meinen Eltern erzählen, dass ich bei einem Freund schlafe."

„Das würdest du tun? Das wär ganz super!"

Jonas nickte, aber er wirkte nicht sehr begeistert.

„Was ist?", fragte Tori.

Er räusperte sich. „Also, ich hab's nicht so mit Hunden. Und ich kenn den doch überhaupt nicht. Ich … äh …"

„Hast du etwa Angst?" Tori musste lachen, weil ihr der Gedanke so absurd erschien. Aber als sie Jonas' Gesicht sah, verstummte sie wieder. Er wirkte sehr gekränkt.

„'tschuldigung. Hab's nicht so gemeint. Wenn du willst, kann ich auch da bleiben."

„Was? Wirklich?" Jetzt leuchteten seine Augen auf.

Halt, Moment mal, was erzählte sie da eigentlich? Sie konnte nicht im Schuppen übernachten. Sie hatte Hausarrest, jedenfalls nachts. Seit sie in Begleitung der Polizei zu Hause erschienen war, musste sie um acht daheim sein. Und daheim bleiben.

„Das wär total super“, sagte Jonas. „Also, ich hab natürlich keine Angst vor dem Hund. Wär ja auch albern.“ Er lachte nervös.

Der Hund gähnte. Er hatte sich so auf das Ballspielen gefreut und was machten diese blöden Menschen? Sie nahmen ihn an die Leine und schleppten ihn in eine dunkle, muffige Hütte. Bis jetzt hatte keiner auch nur eine Sekunde mit ihm gespielt. Stattdessen redeten sie und redeten.

„Wie heißt du überhaupt?“ Tori beugte sich über den Hund und suchte seinen Hals nach einer Marke ab. „Da ist sie ja.“ Sie ließ sich vor ihm auf die Knie nieder. „Heinrich“, las sie. „Na, das ist aber ein schöner Name.“

Der Hund wedelte.

„Es ist gleich sechs.“ Jonas warf einen Blick auf ihre Uhr. „Wir müssen rüber zu den anderen. Was machen wir so lange mit ihm?“

„Wir nehmen ihn mit“, beschloss Tori. „Heinrich kann sich ja mit Washington anfreunden, während wir uns die Köpfe einschlagen.“

Der Deal

„Was ist das denn für eine Rasse?", fragte Hannah.

Sie saßen zu acht in Sues Küche, die sechs Pferdemädchen, Viktor und Jonas. Heinrich lag in ihrer Mitte auf dem Rücken und ließ sich von Ayla den Bauch kraulen. Das war nicht ganz so gut wie Ballspielen, aber fast.

Washington kauerte neben Sina und betrachtete Heinrich mit einer Mischung aus Verachtung und Eifersucht. Er konnte wirklich nicht verstehen, was die Mädchen an dem Köter fanden. Warum sie ihn die ganze Zeit streichelten, wo sie doch auch ihn hatten.

„Keine Ahnung. Da ist irgendwie alles drin, glaub ich", meinte Tori.

„Jetzt erzählt doch mal!", forderte sie Myriam auf. „Woher kommt der Hund? Und was hat er mit Becky zu tun?"

„Also." Tori holte tief Luft und legte los. Als sie fertig war, starrten die anderen sie fassungslos an. Selbst Washington wirkte irritiert. Nur Heinrich genoss weiterhin die Streicheleinheiten.

„Ihr habt den Hund entführt?“ Sina war ganz außer sich. „Sag mal, habt ihr sie noch alle?“

„Warum?“, fragte Juliana. „Was hat denn der arme Hund damit zu tun, dass Becky geklaut worden ist? Der ist bestimmt nicht schuld daran.“

„Mannomann, darum geht's doch auch gar nicht!“, rief Tori wütend. „Wir brauchen ein Druckmittel.“

„Willst du diesen Müller ... erpressen?“, fragte Hannah.

„Herzlichen Glückwunsch!“, sagte Tori sarkastisch. „Hundert Punkte für diese Antwort.“

„Ihr spinnt doch“, sagte Sina. „Darauf lässt der sich nie und nimmer ein.“

„Wieso nicht? Die meisten Leute hängen mehr an ihrem Hund als an ihrem Ehepartner“, behauptete Tori. Das hatte sie mal irgendwo gelesen. „Und wir fordern ja keine Million für Heinrich. Wir wollen nur Becky zurück. Und das Fohlen natürlich, falls es inzwischen geboren ist.“

„Habt ihr eigentlich mal nachgedacht, bevor ihr euch den Hund geschnappt habt?“, wollte Viktor wissen. „Wenn der Typ hört, dass ihr Becky verlangt, dann weiß der sofort, dass jemand von der Ranch hinter der Entführung steckt. Im Handumdrehen steht hier die Polizei auf der Matte.“

„Das ist doch Blödsinn“, widersprach Jonas. „Sieh's mal so: Dieser Müller hat Becky geklaut. Der wird einen Teufel tun und die Angelegenheit an die große Glocke hängen. Wenn rauskommt, dass die Schleyer AG Versuchstiere entführt, dann sind die in der Öffentlichkeit unten durch. Dann können die dichtmachen."

„Das klingt nicht ganz unlogisch", gab Myriam zu.

„Also, wenn das mit der Erpressung funktioniert, wär es natürlich super", sagte Juliana.

„Habt ihr den Typ schon angerufen?", fragte Sina.

„Nee, natürlich nicht", gab Tori zurück. „Wir wollten das Ganze erst mal mit euch besprechen."

„Das ist nett. Und wenn wir nun nicht damit einverstanden sind, was dann?"

„Dann bringen wir Heinrich wieder zurück", sagte Tori und hielt den Atem an. Wenn Sina und die anderen wirklich darauf bestanden, dass sie den Hund zurückgaben, war Becky verloren. Dann blieb ihr nichts anderes übrig, als klein beizugeben und Sue anzurufen.

Sina zögerte einen Moment lang.

„Also? Wie sieht's aus?", fragte Tori angriffslustig. „Wir können ja einfach abstimmen. Wer ist dafür, dass wir Heinrich wieder nach Hause bringen?"

Toris Herz klopfte laut und wild. Sie merkte genau, wie ihre Freundinnen zögerten. Eine schielte nach der anderen. Wer würde als Erstes die Hand heben?

Tori starrte wie hypnotisiert auf Sinas Hand. Wenn Sina sich jetzt meldete, hatte sie schlechte Karten. Viktor würde sich Sina sofort anschließen und danach würden auch die anderen umkippen, eine nach der anderen.

Sinas Finger zuckten.

Ihre Hand öffnete und schloss sich, als ob sie nach etwas griffe.

Aber sie hob sie nicht.

„Gegenprobe“, sagte Tori schließlich mit zitternder Stimme. „Wer ist dafür, dass wir das Ding durchziehen?“

Wieder dauerte es einen Moment, aber dann hoben sich sechs Hände. Jonas, Ayla, Juliana, Myriam, Hanna und Viktor. Nur Sinas Hand blieb unten.

„Was ist mit dir, Sina?“ Toris Stimme klang seltsam rau. „Enthältst du dich oder was?“

Nein, jetzt wanderte auch ihre Hand nach oben.

„Ich bin dabei“, sagte sie.

Und nun? Wer sollte Müller anrufen und ihm die Botschaft überbringen?

„Das machst am besten du, Tori“, sagte Sina. „Du hast dir das Ganze ausgedacht.“

„Außerdem hast du die größte Klappe von uns allen“, ergänzte Hannah.

„Du kannst das“, spornte Myriam sie an.

„Ich bin dafür, dass Jonas das übernimmt“, widersprach Tori.

„Ich?“, fragte Jonas befremdet. „Warum sollte ich mit Müller reden?“

„Mich hat er auf der Ranch gesehen. Vielleicht erkennt er meine Stimme wieder."

„Nie und nimmer. Ihr habt doch nur ein paar Sätze miteinander gewechselt."

„Das weiß man nie. Außerdem klingt deine Stimme viel erwachsener als meine", beharrte Tori.

„Das stimmt", sagte Ayla. „Jonas klingt ziemlich seriös. Vielleicht ist die Idee gar nicht so schlecht."

„Na, Hauptsache, *du* musst nicht anrufen", meinte Jonas.

„Ich türkisch", sagte Ayla, die in Deutschland geboren und aufgewachsen war. „Nix kann sprechen deutsche Sprach."

„Sollen wir noch mal abstimmen?", fragte Tori. „Ich bin für Jonas."

Auch Aylas und Hannahs Hände gingen sofort nach oben.

„Schon gut", sagte Jonas. „Ich mach's."

„Du musst aber deine Handynummer unterdrücken, bevor du ihn anrufst", riet Sina. „Sonst sieht er sie auf dem Display."

Er verzog den Mund. „Du denkst aber wirklich an alles, Sina. Da wär ich jetzt nicht draufgekommen."

„Hier." Tori reichte ihm ein zusammengefaltetes Papiertaschentuch. „Für alle Fälle."

„Hä? Hast du Angst, dass ich in Tränen ausbreche?"

„Quatsch. Du musst dir das Taschentuch vor den

Mund halten. Und dann sprechen. Dadurch kann er hinterher deine Stimme nicht identifizieren."

„Aus welchem Film hast du das denn?", knurrte Jonas, aber er nahm das Taschentuch trotzdem.

„Fass dich so kurz wie möglich", sagte Tori. „Wir haben deinen Hund. Wenn du ihn lebend wiedersehen willst, dann rück das Pferd wieder raus. Oder so."

Jonas blickte genervt in die Runde. „Hat sonst noch jemand einen guten Tipp für mich?"

Allgemeines Schulterzucken. Dann schwiegen sie atemlos, während Jonas die Nummer in sein Handy tippte und auf das Freizeichen wartete. Sogar Heinrich setzte sich auf und spitzte die Ohren.

„Hallo", sagte Jonas.

Toris Herz begann von einer Sekunde auf die andere so laut zu hämmern, dass sie seine Worte kaum verstehen konnte.

„Spreche ich mit Dr. Stefan Müller?", nuschelte Jonas durch das Taschentuch. „Wir haben Ihren Hund. Wenn Sie ihn lebend wiedersehen wollen, dann rücken Sie das geklaute Pferd raus." Er machte eine kleine Pause. „Die trächtige Haflingerstute."

Danach runzelte er die Stirn und lauschte angestrengt in den Hörer. „Das ist der Deal", erklärte er. „Ich denke, Sie haben verstanden. Ich lege jetzt auf."

Und das tat er dann auch.

„Wow", sagte Tori.

„Das war super!“, staunte Ayla. „Als ob du das schon hundertmal gemacht hättest.“

„Vielleicht hat er das ja auch.“ Juliana kicherte. „Was hat der Typ gesagt?“

„Hat natürlich so getan, als ob er nicht wüsste, wovon ich spreche. *Welches Pferd, was redest du denn* – in diesem Stil. Aber ich denke, ich habe die Message klar rübergebracht.“

„Beckys Leben gegen das von Heinrich“, sagte Sina.

Als er seinen Namen hörte, spitzte Heinrich die Ohren.

„Keine Angst.“ Ayla streichelte ihn. „Sina macht nur Witze. Wir würden dir niemals was antun. Und außerdem ist dein Herrchen ja so vernünftig, auf unsere Bedingungen einzugehen.“

Tori seufzte. Hoffentlich hatte Ayla Recht.

Während Jonas nach Hause ging, um seinen Schlafsack zu holen, brachten die Mädchen die Pferde in den Stall und fütterten die übrigen Tiere. „Vielleicht geht ja alles gut und dieser Müller bringt Becky einfach so zurück“, sagte Hannah zu Myriam. Tori hörte den Zweifel in ihrer Stimme, und wenn sie ehrlich war, war sie selbst auch mehr als skeptisch. Dieses Problem würde sich nicht einfach in Luft auflösen, das spürte sie genau.

Als Jonas wiederkam, drückte Tori ihm Heinrichs Leine in die Hand.

„Geh schon mal rüber in den Schuppen mit ihm. Ich komm so schnell wie möglich."

Sie sah Jonas und Heinrich nach, wie sie gemeinsam in Richtung Bolzplatz abzogen. Jonas hielt die Leine, als hinge am anderen Ende eine Bombe, die jeden Moment explodieren konnte. Dabei trottete der Hund lammfromm neben ihm her. Allerdings wirkte auch Heinrich alles andere als glücklich. Am Tor drehte er sich noch einmal nach Tori um, ob sie ihm nicht doch folgte ... Als sie keine Anstalten dazu machte, schlappte er mit hängendem Kopf weiter.

Tori hatte ein ungutes Gefühl. Vielleicht war es doch keine so tolle Idee gewesen, Jonas mit dem Hund allein zu lassen. Aber sie musste zum Abendessen nach Hause, sonst würde ihr Vater ausrasten. „Wird schon schiefgehen", murmelte sie und versuchte sich damit selbst zu beruhigen. Gleich nach dem Essen würde sie in ihr Zimmer gehen, ihre Sachen packen und durchs Fenster in den Garten klettern. Und dann ab zum Bolzplatz. Vor Sonnenaufgang wäre sie wieder zurück, keiner würde etwas merken.

Völlig durchgeschwitzt sprang Tori vor ihrem Haus vom Fahrrad. Das Rad ließ sie in der Einfahrt stehen, sie würde es ja gleich wieder brauchen. Jetzt schnell ins Haus und ...

„Hi, Tori."

Sie fuhr herum. Hinter ihr stand Hannes und knetete seine Hände.

„Hi!"

Was wollte der schon wieder von ihr? Hoffentlich dauerte es nicht zu lang, sie hatte es doch so eilig.

Hannes rieb seine Hände an der Hose ab und steckte sie in seine Hosentaschen. „Ich war heute Morgen schon auf der Ranch und hab dich gesucht."

Ach ja, richtig. Das hatte Viktor erzählt. „Jonas hat versucht, dich anzurufen, aber dein Handy war aus."

Hannes nickte und starrte zu Boden.

„Was ist denn?", fragte Tori ungeduldig. „Ich muss nämlich zum Abendessen rein."

Er zuckte zusammen, als hätte sie ihn angeschrien. „Ich wollte nur noch mal nachfragen, ob ihr das Pferd wiedergefunden habt."

Was, deshalb kam er extra hierher?

„Nee, Becky ist leider nicht wieder aufgetaucht."

„Und seid ihr der Sache mit dem Zirkus nachgegangen? Dieser Fremde mit dem Ohrring ..."

„Da sind wir auch noch nicht weitergekommen." Warum fiel ihr dieser bescheuerte Zirkus eigentlich immer erst abends ein? Wenn sie jetzt anzurufen versuchte, würde sie wieder keinen erreichen.

„Na dann ...", sagte Hannes zögernd.

„Das ist doch nicht alles", sagte Tori. „Was willst du wirklich?"

Er riss erschrocken die Augen auf. „Nichts, ehrlich nicht“, stammelte er nervös. Er bohrte seine Hände noch tiefer in die Hosentaschen. Wenn er so weitermachte, würden seine Fingerspitzen gleich unten durchbrechen. „Es ist halt so, dass ich Tiere echt gerne mag. Pferde ganz besonders. Ich bin früher auch immer geritten. Eine Zeit lang wollte ich sogar mal Jockey werden. Aber jetzt spiel ich Fußball.“

Wow, das waren ja fünf ganze Sätze hintereinander. Eine richtige Rede. Zu dumm, dass Tori keine Zeit zum Applaudieren hatte. „Also, ich muss jetzt wirklich rein“, sagte sie. „Wenn wir was über den Zirkus rauskriegen, geb ich dir Bescheid. Aber im Moment sind wir an einer anderen heißen Spur dran.“

„Was für eine Spur?“, fragte Hannes sofort.

„Kann ich jetzt nicht drüber reden. Das verstehst du doch, oder?“

Oh Mann. Warum hatte sie überhaupt damit angefangen? Sie wollte so schnell wie möglich los. Zum Glück nickte Hannes nur folgsam.

„Also, vielleicht ist die Sache ja morgen schon aufgeklärt“, fuhr Tori fort. „Ich meld mich auf jeden Fall, sobald wir was Genaueres wissen.“

Er nickte noch einmal und setzte sich in Bewegung, ohne sich von ihr zu verabschieden. Mit gesenktem Kopf ging er die Straße hinunter.

Dieser Typ ist einfach komisch, dachte Tori. Dass er

nun schon zum zweiten Mal hier aufkreuzte! Und überhaupt.

Vielleicht ging es ihm gar nicht um Becky, schoss es ihr plötzlich durch den Kopf. Vielleicht wollte er ja etwas anderes. Vielleicht hat er sich in mich verknallt, dachte Tori. Du liebe Zeit.

„Tut mir leid, du bist nicht mein Typ“, murmelte sie bedauernd.

Aber das konnte er natürlich nicht mehr hören.

Zoff

Das Abendessen zog sich. Toris Vater redete die ganze Zeit von dem Familienurlaub, den er für die Sommerferien plante. Drei Wochen Cluburlaub auf Teneriffa.

„Was hältst du denn davon, Victoria?“, fragte er. *Victoria.* Als ob er nicht genau wüsste, dass Tori diesen Namen nicht mochte! Seit Sina mit Viktor zusammen war, hasste sie ihn geradezu.

„Find ich ganz gut.“ Das war eine glatte Lüge. Drei Wochen Urlaub, das war der blanke Horror für Tori. Egal, wohin sie flogen. Drei Wochen Urlaub, das bedeutete drei Wochen ohne Sunshine Ranch. Drei Wochen ohne Pferde, Reiten, Freundinnen. Drei Wochen ohne Spaß. So was wollte doch keiner.

„Ein bisschen mehr Begeisterung wäre schön“, mäkelte ihre Mutter. „Diese Reise kostet schließlich eine irre Kohle.“

Das war überhaupt der größte Witz, dass ihre Eltern auch noch Geld dafür ausgeben wollten, Tori an einen Ort zu schleppen, an dem sie nicht sein wollte. Aber jetzt war nicht die Zeit, sich mit ihnen zu streiten. Jonas wartete bestimmt schon sehnsüchtig auf sie. Und Heinrich ebenfalls.

„Ich freu mich doch. Total“, log Tori. „Aber ich bin echt müde. Kann ich aufstehen?“

Als ihr Vater unwillig nickte, war sie schon an der Tür.

„Gute Nacht.“ Sie winkte und gähnte gleichzeitig.

Nichts wie weg hier.

Sie hatte ihre Schlafsachen bereits gepackt, als ihr Blick auf das Zirkusplakat fiel, das immer noch auf dem Schreibtisch lag. Plötzlich musste sie wieder an den Typ mit dem Ohrring denken, von dem Hannes erzählt hatte.

Was, wenn seine Vermutung doch stimmte? Wenn Becky tatsächlich von diesem Wanderzirkus geklaut worden war? Vielleicht verrannten sie sich ja total in ihren Verdacht gegen das Pharma-Versuchslabor. Genauso wie sie sich vor ein paar Tagen in die Sache mit McHopp hineingesteigert hatten.

Tori ließ ihren Schlafsack wieder fallen und kramte ihr Handy aus dem Rucksack. Wahrscheinlich war es sinnlos. Bestimmt fand gerade eine Vorstellung im Zirkus statt. Sie würde keinen erreichen.

„Was soll's“, murmelte Tori. „Versuchen kann man es ja mal.“

Sie lauschte auf das Piepen in der Leitung, als sie die

Nummer wählte. Dann das Tuten. Vier-, fünf-, sechs-, siebenmal. Niemand hob ab.

Tori wollte gerade auflegen, als es in der Leitung knackte. „Hallo?“ Das Tuten hatte aufgehört. Warum meldete sich niemand?

„Hallo. Entschuldigung!“, sagte eine gepresste Frauenstimme. Dann drang nur noch wildes Husten aus dem Hörer. Du liebe Zeit, das klang ja richtig gefährlich. Als ob am anderen Ende ein Haus einstürzte.

„So, nun geht’s wieder. Also, ich …“ Weiter kam die Frau nicht, jetzt überwältigte sie ein neuer Hustenanfall. „Entschuldigung“, keuchte sie nach einer Weile noch einmal. „Ich glaube, jetzt kann ich sprechen.“

„Bin ich richtig verbunden?“, fragte Tori. „Spreche ich mit Zirkus Manzini?“

„Ganz genau. Ich bin Frau Manzini.“ *Hust, hust, hust. Röchel, röchel.* Die Frau rang nach Atem.

„Soll ich einen Arzt rufen?“, fragte Tori besorgt.

„Quatsch.“ Die Frau räusperte sich. „Schieß los, was gibt es?“

„Ich … äh … wollte mich mal erkundigen …“ Zu dumm, aber durch diese Husterei waren die Sätze, die sich Tori vorher zurechtgelegt hatte, wie weggeblasen. Wie sollte sie anfangen? *Haben Sie zufällig unsere Stute Becky entführt?* Nee, das ging natürlich gar nicht. „Äh … ich wollte mal fragen … also, es geht um einen Ihrer Angestellten.“

„Bitte was?“ Glücklicherweise brach die Frau jetzt wieder in krampfhaftes Husten aus und verschaffte Tori dadurch Zeit zum Nachdenken. „Komm mal zur Sache“, ächzte sie, als sie sich wieder beruhigt hatte. „Ich bin nämlich ein bisschen angeschlagen.“

„Also, es ist so“, begann Tori hastig. „Als Ihr Zirkus am Wochenende hier in Düsseldorf war, hatte ich einen Zusammenstoß mit einem Ihrer Männer. Ich hab ihn mit dem Fahrrad angefahren. Und nun wollte ich mal fragen, wie es ihm geht.“

„Wie bitte? Ich verstehe kein Wort.“

„Nach dem Unfall stand ich total unter Schock und hab völlig vergessen, mich nach seinem Namen zu erkundigen. Aber er hat erzählt, dass er für Ihren Zirkus arbeitet, daran erinnere ich mich noch. Und ich kann ihn auch beschreiben. Der Mann hat schwarze Haare, einen Schnurrbart und trägt einen ziemlich auffälligen Ohrring.“

„Schnurrbart und Ohrring? Kenn ich nicht!“

Hm. Vielleicht tat die Frau ja nur so, als ob sie den Mann nicht kannte. Weil sie nämlich wusste, dass er für den Zirkus Pferde stahl.

„Wann soll das gewesen sein?“, fragte Frau Manzini jetzt. „Letzte Woche?“

„Am Sonntag, um genau zu sein.“

„Am Sonntag waren wir gar nicht in Düsseldorf. Wir hängen doch seit Wochen hier in Dortmund fest.“ Frau

Manzini hustete so unvermittelt los, dass Tori erschrocken den Hörer vom Ohr riss. „Diese verdammte Bronchitis“, keuchte die Frau. „Erst hat es meinen Mann erwischt und dann mich. Wir mussten alle Termine absagen.“

„Sie waren … gar nicht hier?“, stotterte Tori. „Sind Sie sicher?“ Das war eine blöde Frage, aber Frau Manzini hatte sie nicht gehört, weil sie immer noch hustete.

„Na dann, vielen Dank und auf Wiederhören.“ Bevor die Frau wieder zu Atem kam, hatte Tori schon aufgelegt.

Nachdenklich schob sie das Handy zurück in den Rucksack. Wieder eine Spur, die sich erledigt hatte.

Tori hatte eine Wolldecke in Form ihres Körpers unter ihrer Bettdecke drapiert. Eine Tori-Attrappe, falls ihre Mutter heute Abend noch einmal nach ihr schauen sollte. Jetzt aber Licht aus, Fenster auf und nichts wie weg!

Sie saß bereits auf dem Fensterbrett, als ihr Handy klingelte. Verdammt, verdammt, verdammt. Das war bestimmt Jonas, der wissen wollte, wo sie blieb. Wo steckte das blöde Telefon denn jetzt wieder? Sie hatte es doch eben noch gehabt.

Sie fand es in der Seitentasche ihres Rucksacks und drückte auf den Hörer, ohne aufs Display zu schauen.

„Jonas?“

„*Hello? Is that you, Tori?*“

Herzstillstand. Das war Sues Stimme. „Sue! Wo steckst du? Bist du etwa schon wieder ...?“

„*No*, Unsinn, ich bin noch in *California*. Ich versuche seit Tagen, jemanden auf der Ranch zu erreichen. Aber ihr geht einfach nicht ans Telefon. Ist denn alles okay?“

„Natürlich. Wir haben alles super im Griff.“ Tori schwitzte. Gut, dass Sue nicht sehen konnte, wie sie hier auf dem Fensterbrett kauerte, das schlechte Gewissen in Person.

„Was ist mit Becky? Ist das Fohlen schon da?“

Keine Ahnung, woher sollte Tori das wissen? Aber das behielt sie besser für sich, sonst fand Sue den Weg über die Telefonleitung nach Deutschland.

„Nein, ist noch nichts passiert. Sonst hätten wir uns doch gemeldet.“

„Na, dann ist ja alles gut“, sagte Sue beruhigt. „Und in ein paar Tagen bin ich auch wieder da.“

„Stimmt“, erwiderte Tori mit schwacher Stimme. „Wir freuen uns schon.“

„Also, weiter so. Ich bin sehr stolz auf euch.“

„Keine Ursache“, sagte Tori, aber da hatte Sue schon aufgelegt.

Es war kurz nach neun, als sie endlich auf dem Bolzplatz ankam. In dem kleinen Schuppen brannte kein

Licht. Hockte Jonas da drinnen im Dunkeln, damit die Fischers nichts merkten? Oder war er vielleicht schon eingeschlafen? Hoffentlich war er so clever gewesen, Heinrich vorher anzubinden.

Tori trommelte mit den Fingerspitzen gegen das Holz der Tür. „Hallo?“

Keine Reaktion.

Ein bisschen lauter. „Jonas!“

Nichts. Na super, offensichtlich schlief Heinrich ebenfalls. Als Wachhund war er jedenfalls genauso nutzlos wie Washington.

Die Tür quietschte leise, als Tori sie aufzog. Einen Moment lang starrte sie in die undurchdringliche Finsternis. Aber dann gewöhnten sich ihre Augen an die Dunkelheit. Sie erkannte einen Schemen am Fenster. Da stand jemand und starrte nach draußen.

„Jonas?“ Ihr ganzer Körper überzog sich plötzlich mit einer Gänsehaut. Hoffentlich war es auch wirklich Jonas, der da am Fenster stand.

„Ich hab’s vermasselt.“

Gott sei Dank, das war seine Stimme.

„Was? Wovon redest du?“ Tori zog den Rucksack von der Schulter und wühlte nach ihrer Taschenlampe. Da war sie ja.

Puh, im bleichen Licht der Lampe wirkte Jonas wie ein Gespenst.

„Es tut mir so leid“, sagte er tonlos.

„Was ist denn los?“

Heinrich war abgehauen, das war los. Nachdem sie eine Weile im Schuppen gewartet hatten, war der Hund so unruhig geworden, dass Jonas ihn nach draußen gebracht hatte. „Ich hab gedacht, er muss mal“, erklärte er Tori.

„Hast du ihn nicht angeleint?“

„Doch, natürlich. Aber als wir draußen waren, hat er sich losgerissen. Der hatte eine solche Wucht drauf, das kannst du dir nicht vorstellen.“

„Warum bist du ihm denn nicht nach?“

„Bin ich doch. Aber der war echt schnell. Und natürlich hat er kein bisschen auf mich gehört, als ich ihn gerufen habe.“

Natürlich nicht. Tori ließ sich kraftlos auf eine Holzbank sinken. „Das kann doch nicht wahr sein. Sag, dass das nicht wahr ist!“

Jonas schwieg.

„Du hättest ihn nur ordentlich festhalten müssen“, meinte Tori. „Also echt. Das war ja wohl nicht zu viel verlangt.“

„Ach ja?“ Jetzt klang Jonas’ Stimme auf einmal ziemlich genervt. „Na, wenn du alles so viel besser weißt, hättest du dich doch um den Köter kümmern können, anstatt mich hier stundenlang mit ihm allein zu lassen. Ich hab doch gesagt, dass ich mich mit Hunden nicht auskenne.“

Das war ja wohl der Gipfel! Nun versuchte er auch noch, die Schuld auf sie zu schieben.

„Hör mal, weißt du überhaupt, was du da angerichtet hast?“, schrie Tori. „Heinrich ist schnurstracks nach Hause gerannt. Er war unsere letzte Hoffnung, Becky und ihr Fohlen wiederzukriegen. Und du lässt ihn einfach wegrennen!“

„Mann, jetzt reicht's aber!“, brüllte Jonas. „Wie sprichst du eigentlich mit mir? Du spinnst wohl! Sina hat Recht, du bist wirklich eine Oberzicke!“

Er griff mit der einen Hand nach seiner Tasche, mit der anderen nach dem Schlafsack, dann stürmte er an Tori vorbei nach draußen. Bevor sie aufgestanden und ihm gefolgt war, saß er schon auf seinem Fahrrad.

„Das kannst du doch jetzt nicht bringen“, rief sie. „Mann, Jonas, warte mal!“

Seine Fahrradreifen quietschten. Dann war er weg.

Toris Knie waren auf einmal ganz weich. Sie lehnte sich an die Schuppentür. Das war ein einziger Albtraum! Heinrich war fort und Jonas ebenfalls. Seine letzten Worte gellten noch in Toris Ohren.

Sina hat Recht. Du bist wirklich eine Oberzicke!

Das war echt … das war …

Tori fehlten die Worte.

Erst benahm sich Jonas wie der letzte Idiot und ließ den Hund entkommen. Und dann machte er *sie* dafür an.

Das war's, dachte Tori, während sie die Schuppentür zuknallte. Sollten die Fischers doch aufwachen und die Polizei rufen. Jetzt war ohnehin alles egal.

Auf der Ranch hörte sie Fritz heulen. Aber auch das kümmerte sie nicht mehr. Sie war fertig mit der Welt. Und vor allem mit Jonas Spitzer.

Sina hat Recht. Du bist wirklich eine Oberzicke. Tori wurde diese Worte einfach nicht mehr los. Sie hallten in ihrem Kopf wider wie das Echo in einer Tropfsteinhöhle. *Du bist wirklich eine Oberzicke.*

Oberzicke.

Oberzicke.

Es war sinnlos, bei diesem Aufruhr in ihrem Kopf konnte sie einfach nicht einschlafen. Verdammt!

Tori richtete sich auf und starrte in die Dunkelheit ihres Schlafzimmers.

Sie dachte an Jonas. Wie traurig seine Stimme geklungen hatte, als er ihr erzählt hatte, dass Heinrich entwischt war. *Ich hab's vermasselt.*

Und wie hatte sie reagiert? Anstatt ihn zu trösten, hatte sie gleich losgekeift.

Oberzicke.

Oberzicke.

Oberzicke

Es stimmt, erkannte sie plötzlich. Ich hab mich total mies benommen.

Sie hatte doch genau gewusst, dass Jonas Angst vor Hunden hatte. Und trotzdem hatte sie ihn stundenlang mit Heinrich allein gelassen. Es hatte schiefgehen müssen. Und es war schiefgegangen. Und daran war allein Tori schuld und keiner sonst. Und zu allem Überfluss hatte sie vorhin Sue glatt angelogen.

„Verdammt“, murmelte Tori. „Wie kann ich das je wiedergutmachen?“

Dann zuckte sie zusammen. Hatte sie nicht eben ein Klopfen an der Scheibe gehört? Stand Jonas etwa unten im Garten, warf Steinchen gegen ihr Fenster und wollte sich mit ihr aussprechen?

„Ich komme“, flüsterte Tori und rannte zum Fenster.

Aber der Garten lag leer und verlassen im gelben Licht der Straßenlampen.

In der Höhle des Löwen

„Es ist für dich."

Aaah! Mütter konnten so grausam sein. Und Toris Mutter war die Schlimmste. Sie legte das Telefon auf Toris Kopfkissen, neben Toris Ohr, obwohl sie doch noch im Tiefschlaf lag.

„Tori? Hallo?", quäkte eine Stimme aus der Ferne.

Wenn sie nicht so verdammt müde gewesen wäre, hätte sie einfach aufgelegt. Aber sie war zu schlapp, um sich zu rühren. Es war allerhöchstens eine halbe Stunde her, dass sie eingeschlafen war.

„Dieser Jonas", sagte ihre Mutter spitz.

Dieser Jonas. Jonas?! Plötzlich saß Tori aufrecht im Bett.

„Hallo?" Wo war denn nun dieses blöde Telefon?

Immerhin war ihre Mutter feinfühlig genug, den Raum zu verlassen. Auch wenn sie die Tür offen ließ. Wahrscheinlich stand sie jetzt im Flur und lauschte.

„Jonas, was gibt's?"

„Er hat angerufen."

„Wer? Heinrich?" So ein Blödsinn.

„Müller."

„Müller?" Wenn sie nur nicht so benebelt gewesen wäre!

„Dr. Stefan Müller", ergänzte Jonas. „Schleyer AG."

„Bitte was?", flüsterte Tori. „Wieso ruft der denn an?" Sie schluckte aufgeregt. „Woher hat der überhaupt deine Nummer?"

„Das frage ich mich auch", sagte Jonas. „Ich soll in einer halben Stunde bei ihm zu Hause sein."

„Was will er denn von dir?"

„Keine Ahnung. Aber wenn ich nicht komme, ruft er die Bullen."

Du liebe Zeit. Das war ja ein Albtraum.

„Das wollt ich dir nur sagen", meinte Jonas.

„Was soll das denn heißen?", rief Tori. „Ich komm natürlich mit!"

„Wirklich?" Jetzt klang Jonas' Stimme nicht mehr ganz so grabesdüster. „Das ist .... echt okay von dir."

„Na hör mal. Mitgefangen, mitgehangen. Gib mir eine Viertelstunde. Wir treffen uns an der Ecke Lilienallee Rosenstraße."

„Worum ging's denn?", fragte ihre Mutter aus dem Flur, kaum dass Tori aufgelegt hatte.

„Jonas ... äh ... fährt heute in Urlaub. Er fragt, ob ich ihm für die Zeit ... mein Lateinbuch leihen kann. Er hat seines in der Schule gelassen."

„Er will das Lateinbuch mit in die Ferien nehmen?"

„Sind schließlich nicht alle so faul wie ich.“ Tori schlüpfte in ihre Jeans und griff dann nach dem T-Shirt.

„Was ist mit dem Frühstück?“, fragte ihre Mutter.

Tori schüttelte den Kopf. Das Frühstück fiel heute aus.

Vor der Höhle des Löwen. Tori und Jonas starrten auf die Doppelhaushälfte, vor der immer noch die überquellende Mülltonne stand. Irgendwie kam Tori das Haus heute viel düsterer und unheimlicher vor als gestern.

„Ich frag mich echt, wie er rausbekommen hat, dass ich Heinrich entführt habe“, murmelte Jonas.

„Vielleicht kann das Tier sprechen“, mutmaßte Tori. „Ein Zauberhund.“

Aber Jonas war nicht nach Scherzen zumute.

„Hör mal“, sagte Tori. „Bevor wir reingehen, wollte ich dir noch was sagen.“

„Aha.“

Hörte er ihr überhaupt richtig zu? Auf jeden Fall wandte er keinen Blick von dem blöden Haus.

„Ich hab mich total scheiße benommen gestern. Ich hätte dich nicht so lange allein lassen sollen. Und dass ich dich angeschrien habe, war auch nicht in Ordnung.“

Jonas nickte, ohne sie dabei anzusehen.

„Es war sogar richtig gemein“, fuhr Tori fort. „Tut mir leid.“

„Ist schon okay."

Aber wenn es okay war, warum sah er sie dann nicht an? Warum lächelte er nicht mal, wenigstens kurz?

Jonas blickte auf seine Armbanduhr. „Ich glaube, wir müssen", seufzte er.

Als sie losgingen, griff er nach Toris Hand und hielt sie fest.

„Ist schon okay", sagte er noch einmal und lächelte.

Ihr war plötzlich ganz schwindlig vor Glück. Dabei stand ihnen doch das Schlimmste erst bevor.

Heinrich begrüßte seine neuen Freunde mit begeistertem Bellen. Hoffnungsvoll sprang er an Tori hoch und leckte ihre Hände. Vielleicht hatte sie ja den Ball mitgebracht und wollte ein bisschen mit ihm spielen, hier und jetzt im Wohnzimmer.

Aber Tori zog keinen Ball aus der Tasche, sie kraulte Heinrich nur hinter den Ohren. „Na, alter Kumpel! Hast du den Weg nach Hause gefunden?"

„Glücklicherweise", sagte Dr. Müller spitz. Sie standen zu dritt in einem riesigen Wohnzimmer, das nur spärlich eingerichtet war. Eine Sitzgruppe aus schwarzem Leder, ein Tisch mit zwei Stühlen, das war das ganze Mobiliar. Am Fenster stand eine vertrocknete Zimmerpalme. „Er hätte ja auch überfahren werden können. Habt ihr euch das mal überlegt?"

„Natürlich nicht", entgegnete Tori schuldbewusst.

„Wir hatten ja auch nicht vor, ihn entkommen zu lassen. Er ist uns einfach ausgebüxt."

„Warum habt ihr Heinrich entführt?", fragte Herr Müller kopfschüttelnd. „Wie seid ihr nur auf diese bescheuerte Idee gekommen?"

„Das wissen Sie ganz genau", gab Tori zurück. „Solange Frau Mirador im Urlaub ist, sind ich und meine Freundinnen für die Ranch verantwortlich. Und als Sie Becky gestohlen haben ..."

„Halt, halt! Moment mal", unterbrach Dr. Müller sie. „Als ich was ...?"

„Tun Sie doch nicht so! Sie haben Becky gestohlen. Für Ihr Unternehmen. Weil Sue sie Ihnen nicht verkaufen wollte, haben Sie sie einfach mitgenommen."

„Warum sollte ich so etwas tun?", erkundigte sich Herr Müller.

„Weil Sie Becky für Ihre Tierversuche brauchen. Und vor allem ihr Fohlen. Das weiß doch wirklich jedes Kind, was in den Forschungslabors der Schleyer AG so abgeht."

Dr. Müller nickte und schwieg, während er sich nachdenklich den Nacken massierte. „Warum setzen wir uns nicht?", schlug er dann vor. „Wollt ihr was trinken?"

Tori sah Jonas an. Das war ja wohl ein billiger Trick, um sie einzulullen. Sollten sie sich darauf einlassen?

Jonas zuckte mit den Schultern. „Haben Sie eine Cola?"

„Richtig fies wirkt der Typ eigentlich nicht", flüsterte er Tori zu, als Dr. Müller in der Küche verschwunden war.

Tori schnappte nach Luft. Meine Güte, war Jonas naiv!

„Das sind die Schlimmsten", konnte sie gerade noch erwidern, dann war Herr Müller auch schon zurück.

„Also", begann er, nachdem er jedem von ihnen ein Glas Cola eingeschenkt hatte. „Es stimmt, ich arbeite als Veterinärmediziner – das heißt Tierarzt – für die Versuchslabors der Schleyer AG. Ich selbst führe allerdings keine Tierversuche durch, sondern bin für den Einkauf der Testtiere zuständig."

„Also doch", murmelte Tori so leise, dass es eigentlich nur Jonas neben ihr gehört haben konnte. Aber vielleicht konnte Müller Lippen lesen, jedenfalls lächelte er milde.

„Ich bin für den Einkauf der Versuchstiere zuständig", wiederholte er. „Nicht für ihren Diebstahl."

„Aber Sie wollten Becky für Ihr Labor haben", sagte Tori. „Deshalb waren Sie doch letzte Woche auf der Ranch."

„Ganz genau." Dr. Müller nickte. „Ich habe zufällig gesehen, dass es auf der Sunshine Ranch eine trächtige Haflingerstute gibt. Und weil wir zurzeit eine wichtige Versuchsreihe für ein neues Medikament durchführen, für das wir neugeborene Fohlen suchen, habe ich auf der Ranch angefragt, ob man die Stute eventuell verkaufen würde."

„Wollte man aber nicht", sagte Tori. „Sue hat Sie rausgeworfen, so war es doch, oder?"

„Sie war nicht interessiert", sagte Dr. Müller. „Damit war die Sache für mich erledigt."

„War sie nicht!", rief Tori. „Zwei Tage, nachdem Sie mit Sue gesprochen hatten, waren Sie doch wieder auf der Ranch! Sie wollten noch einmal versuchen, sie zu überzeugen. Und als Sie erfahren haben, dass Sue gar nicht da war, da haben Sie Ihre Chance gewittert ..."

„... und Becky einfach entführt", schloss Jonas.

„Nein", sagte Dr. Müller ruhig. „So war das nicht. Ich war noch einmal auf der Ranch, das ist richtig. Da haben wir uns ja auch gesehen." Er nickte Tori zu. „Aber beim zweiten Mal war ich wegen einer Privatangelegenheit dort."

„Wer's glaubt!", rief Tori.

„Was für eine Privatangelegenheit soll das gewesen sein?", hakte Jonas misstrauisch nach.

Dr. Müller zuckte mit den Schultern. „Die Ranch hat mir bei meinem ersten Besuch gut gefallen. Ich wollte nachfragen, ob mein Sohn vielleicht Reitstunden nehmen kann. Er ist früher viel geritten, aber seit dem Tod meiner Frau hat er sich so zurückgezogen ..." Er unterbrach sich und starrte ins Leere, als ob er den Faden verloren hätte.

Jetzt drückt er auf die Tränendrüse, dachte Tori. Aber darauf würde sie ganz bestimmt nicht reinfallen.

„Wofür brauchen Sie die Pferde denn?“, wechselte sie das Thema. „Um was geht es bei Ihrer Testreihe?“

„Wir entwickeln ein Mittel gegen eine Pferdeseuche, die zurzeit in Osteuropa grassiert. Dourine heißt die Krankheit, vielleicht habt ihr schon einmal davon gehört. Die Pferde, die davon befallen sind, leiden unter fürchterlichen Ödemen und Geschwüren. Viele sterben daran.“

„Lassen Sie mich raten: Um das Medikament zu testen, infizieren Sie gesunde Pferde mit dem Erreger“, sagte Jonas.

Dr. Müller nickte. „Anders geht es nicht. Wir brauchen Fohlen, bei denen wir den Krankheitsverlauf langfristig beobachten und bekämpfen können.“

„Das ist widerlich“, sagte Tori voller Abscheu.

Dr. Müller seufzte.

„Ich bin gegen Tierversuche“, erklärte Jonas.

„Ich auch“, sagte Dr. Müller. „Aber der Gesetzgeber schreibt sie nun einmal vor. Wir dürfen kein einziges Medikament auf den Markt bringen, bevor es nicht ausgiebig getestet worden ist. Im Reagenzglas, aber eben auch an lebenden Tieren. Doch darum geht es hier ja gar nicht. Ihr werft mir vor, dass ich euer Pferd gestohlen habe. Und das habe ich nicht getan.“

„Können Sie das beweisen?“, fragte Tori.

Dr. Müller lächelte. „Wie soll ich denn beweisen, dass ich etwas *nicht* getan habe?“ Er dachte einen Moment lang nach. „Wir benötigen zehn Fohlen für die Testreihe. Alle zehn habe ich innerhalb von drei Tagen erworben. Von Züchtern und Gestüten …“

„Die haben verkauft, obwohl sie wussten, was Sie mit den Tieren vorhaben?“, fragte Tori empört.

„Die Schleyer AG zahlt ziemlich gut.“ Dr. Müller rieb sich wieder den Nacken. „Also, wir haben es wirklich nicht nötig, Tiere zu stehlen. Und denkt doch einmal nach: Wie würden wir denn in der Öffentlichkeit dastehen, wenn ans Licht kommt, dass wir mit gestohlenen Tieren arbeiten. Das wäre ein Skandal, von dem sich das Unternehmen nie mehr erholen würde.“

Tori öffnete den Mund, um zu widersprechen.

„Lass mal.“ Jonas legte seine Hand auf ihren Arm. „Ich glaube, er sagt die Wahrheit. Vielleicht wurde Becky ja doch von diesem Wanderzirkus entführt.“

„Die waren es auch nicht“, sagte Tori bedrückt.

Dr. Müller erhob sich. „Ich hoffe, ihr findet eure Stute wieder. Für mich ist die Angelegenheit jedenfalls erledigt.“

„Wie meinen Sie das?“, fragte Jonas. „Zeigen Sie uns nicht an, weil wir Ihren Hund gekidnappt haben?“

Dr. Müller lachte. „Ich habe Heinrich ja wieder.“

Der Hund sprang sofort auf, als er seinen Namen hörte. Das Ballspiel, bestimmt war es jetzt so weit!

„Danke“, meinte Jonas erleichtert. „Vielen Dank. Aber eine Frage hätte ich noch.“

„Bitte?“

„Wie sind Sie denn so schnell auf mich gekommen? Woher hatten Sie meine Telefonnummer?“

Dr. Müller lachte. „Dein Presseausweis. Du hast ihn bei Frau Mitsou am Empfang vergessen, als ihr euch in der Firma nach mir erkundigt habt. Da stand alles drauf.“

„Ich Riesenidiot.“

„Oh Mann“, sagte Tori. Aber dann biss sie sich schnell auf die Lippe. Jetzt bloß keine gehässigen Bemerkungen, nachdem sie sich gerade wieder mit Jonas versöhnt hatte!

Auf dem Weg in den Flur leckte Heinrich hingebungsvoll an Toris Hand. Bitte, bitte, hol jetzt den Ball raus! Aber auch diesmal wurde er enttäuscht. Sie wuschelte nur durch sein Fell und versetzte ihm einen leichten Klaps. „Tschüss, Heinrich. Ich komm dich mal wieder besuchen.“

Heinrich wedelte betrübt.

„Wenn ich darf“, fügte sie mit einem Seitenblick auf Dr. Müller hinzu.

„Natürlich. Jederzeit.“ Er lächelte erfreut. „Mein Sohn würde sich bestimmt auch freuen.“

„Ist er das?“, fragte Tori und zeigte auf ein Foto, das

in einem Goldrahmen neben der Garderobe hing. Ein Familienporträt. Vater, Mutter, Kind, erkannte Tori. Aber die Mutter war inzwischen tot, das hatte Herr Müller ja vorhin erzählt.

„Das gibt's doch nicht“, murmelte Jonas. Er ging ganz nah an das Bild heran, dann riss er den Rahmen von der Wand. „Das gibt's doch gar nicht …“

„Jonas!“, rief Tori. „Spinnst du? Was machst du denn?“

„Hier!“ Jonas hielt ihr das Porträt direkt vor die Nase.

„Das ist doch …“, murmelte Tori verblüfft.

„Genau“, sagte Jonas.

Auf dem Bild sah man Dr. Müller Arm in Arm mit einer hübschen, blonden Frau. Und vor ihnen stand Hannes.

Hannes

In Toris Kopf ratterten die Gedanken wie ein Hochgeschwindigkeitszug.

Hannes. Bei ihm liefen alle Fäden dieser Geschichte zusammen. Obwohl sie die Zusammenhänge immer noch nicht verstand.

„Hannes ist Ihr Sohn?“, fragte Jonas Dr. Müller.

„Ja. Kennst du ihn?“

„Wir spielen zusammen Fußball.“ Jonas schüttelte fassungslos den Kopf. „Hannes Müller. Natürlich. Der sieht Ihnen sogar ähnlich.“

„Ach! Ich hatte doch die ganze Zeit das Gefühl, dass ich dich schon einmal gesehen habe“, sagte Dr. Müller. „Du kickst also auch auf dem Bolzplatz hinter der Ranch?“

„Daher kennen Sie die Sunshine Ranch!“, kombinierte Tori.

Herr Müller nickte langsam. „Das stimmt. Ich fahr Hannes öfter zum Training. Und bei dieser Gelegenheit hab ich die trächtige Haflingerstute gesehen.“ Er räusperte sich.

„Weiß Hannes, dass Sie die Stute kaufen wollten?“, fragte Jonas.

„Natürlich nicht!“, rief Dr. Müller so laut, dass Heinrich erschrocken aufjaulte. „Hannes liebt Tiere über alles“, fuhr er mit leiserer Stimme fort. „Und Pferde besonders. Er ist ganz verrückt nach ihnen. Als meine Frau noch lebte, hatten wir selbst zwei Araber. Aber nach ihrem Tod musste ich sie verkaufen, ich hatte ja keine Zeit, mich um die Tiere zu kümmern.“

„Moment mal“, sagte Jonas. „Hannes liebt Tiere. Und Sie kaufen Tiere ein, die dann bei Tierversuchen gequält werden. Wie passt das denn zusammen?“

Dr. Müller biss sich auf die Lippen. „Gar nicht.“ Er schüttelte traurig den Kopf. „Ich hatte früher eine ganz normale Tierarztpraxis. Ich behandelte Hunde, Katzen, Mäuse, Kaninchen, Hamster und so weiter, Haustiere eben. Aber als meine Frau starb, schaffte ich das nicht mehr. Als Tierarzt muss man ständig erreichbar sein für seine Patienten. Die fragen nicht nach der Uhrzeit.“

„Woran ist Ihre Frau denn gestorben?“, fragte Tori. „Wenn ich das fragen darf.“

„Sicher.“ Dr. Müller nickte. „Ein Unfall. Sie war mit dem Fahrrad unterwegs. Ein Raser hat sie übersehen und angefahren. Sie ist auf dem Weg ins Krankenhaus gestorben.“ Dann schwieg er. Tori und Jonas schwiegen auch.

„Tut mir leid“, sagte Tori nach einer Weile.

„Ich weiß“, erwiderte er mit traurigem Lächeln. „Danach wollte ich so viel wie möglich für Hannes da sein. Wir hatten uns ja nur noch gegenseitig, ich wollte ihn auf keinen Fall irgendwie vernachlässigen. Da hab ich die Praxis verkauft und die Stelle bei Schleyer angenommen.“

„Wusste Hannes, dass Sie für Schleyer Testtiere einkaufen?“, fragte Jonas.

„Natürlich. Er ist kein Kind mehr, wir haben immer offen miteinander geredet.“ Müller rieb sich mit dem Handrücken über die Augen. „Früher jedenfalls. Heute unterhalten wir uns so gut wie gar nicht mehr. Ich weiß überhaupt nicht, was in dem Jungen vorgeht.“ Er seufzte. „Er verachtet mich wegen meiner Arbeit.“

„Hat er Ihnen das gesagt?“

„Nicht nur einmal.“ Plötzlich blickte Dr. Müller erschrocken auf. „Weiß Hannes von eurem Verdacht gegen mich?“

„Nein, wir haben nie mit ihm darüber gesprochen“, beruhigte ihn Jonas. „Allerdings muss ich sagen, dass ihm die Sache mit der Entführung ziemlich nahegegangen ist. Er war der einzige der Jungs, der sich wirklich für unsere Nachforschungen interessiert hat.“

Toris Gedanken wirbelten durcheinander. Immer wenn sie einen festhalten und genauer betrachten wollte, war er schon wieder weitergeflogen. Hannes, der Wanderzirkus, der Mann mit dem Ohrring. Alles, was er ihr erzählt hatte, war kompletter Blödsinn gewesen. Der Zirkus war gar nicht in der Nähe gewesen. Hannes hatte die Ankündigungsplakate gesehen und sich den Rest ausgedacht.

Aber warum? Warum war er so heiß darauf gewesen, Tori und Jonas auf die falsche Fährte zu schicken?

„Ich habe euch ja versprochen, dass ich wegen des Erpressungsversuchs nicht zur Polizei gehen werde“, sagte Dr. Müller mit gepresster Stimme. „Aber im Gegenzug habe ich nun auch eine Bitte an euch. Erzählt Hannes nichts davon, dass ich versucht habe, die Stute zu kaufen. Wenn er es wüsste, würde das unser Verhältnis nur noch verschlechtern.“ Er lachte bitter. „Wenn das überhaupt möglich ist.“

Da! Das war die Lösung. Plötzlich reihten sich Toris Gedanken in schönster Ordnung hintereinander auf. Und sie verstand.

„Er weiß es doch schon“, sagte sie.

„Wie bitte?“, fragte Herr Müller irritiert.

„Hannes weiß längst, dass Sie auf der Ranch waren und Becky kaufen wollten.“

„Ich verstehe nicht ... Also habt ihr doch mit ihm gesprochen?“

„Nein“, sagte Tori. „Hannes hat Sie garantiert auf der Ranch gesehen. Er muss mitbekommen haben, wie Sie Becky begutachtet haben. Und dann hat er eins und eins zusammengezählt.“

Jonas nickte langsam. „Hannes hat Becky", sagte er. „Er hält sie irgendwo versteckt."

„Warum sollte er so etwas tun?", erkundigte sich Dr. Müller verständnislos.

„Na, kapieren Sie das denn nicht?", fragte Tori aufgeregt. „Er hält sie vor Ihnen versteckt. Damit Sie sie nicht kriegen."

Dr. Müller war auf einmal so bleich wie die Wand, an die er sich lehnte.

„Mein Gott", murmelte er. „Ihr habt Recht. Das würde zu ihm passen. Dass er die Stute entführt hat und irgendwo verbirgt, weil er denkt ... weil er glaubt ..." Er unterbrach sich und lachte traurig.

„So ganz abwegig ist der Gedanke ja auch nicht", meinte Tori.

„Warum redet der Junge nicht mit mir?", murmelte Dr. Müller. „Ich bin doch kein Unmensch. Ich würde niemals etwas tun, was ihn verletzt."

Tori und Jonas sahen sich ratlos an.

„Na ja", meinte Tori schließlich. „Irgendein Tier müssen Sie ja letztendlich kaufen, sonst verlieren Sie Ihren Job. Und das kann Hannes eben nicht akzeptieren."

„Wo ist Hannes jetzt?", fragte Jonas. „Wissen Sie das?"

„Er hat heute ein Spiel", sagte Dr. Müller.

„Das stimmt nicht." Jonas schüttelte den Kopf. „Er ist nicht aufgestellt worden."

Der letzte Rest Farbe verschwand aus Dr. Müllers Gesicht. Er schloss die Augen.

Du liebe Zeit, dachte Tori. Er würde doch jetzt nicht ohnmächtig werden!

„Ich habe keine Ahnung vom Leben meines Sohnes“, flüsterte Dr. Müller mehr zu sich selbst als zu ihnen. „Ich weiß nicht einmal, was er gerade macht.“

„Trösten Sie sich, davon haben unsere Eltern auch keinen blassen Schimmer“, meinte Tori. Aber das heiterte Herrn Müller nicht wirklich auf.

Also gut. Neue Taktik. „Wir müssen Becky finden“, sagte Tori. „Sie ist trächtig, wie Sie wissen. Und das Fohlen kann jeden Moment zur Welt kommen. Wenn es Komplikationen gibt, kann Hannes ihr bestimmt nicht helfen.“

Aber das brachte auch nichts. Dr. Müller hatte immer noch die Augen geschlossen. Er sah aus wie ein lebender Toter. „Ich habe alles falsch gemacht“, hörten sie ihn murmeln.

„Herr Dr. Müller“, sagte Jonas in strengem Ton. „Rumjammern bringt jetzt gar nichts! Wir müssen Hannes finden, dann sprechen Sie sich mal ordentlich aus und überlegen gemeinsam, wie Sie weitermachen. Sie haben es doch vorhin selbst gesagt: Hannes ist kein Kind mehr. Sie müssen ihm vielleicht einfach mal erklären, was in Ihnen vorgeht. Warum Sie diesen Job bei Schleyer angenommen haben.“

Wie streng Jonas mit Dr. Müller sprach! Als ob er der Erwachsene wäre und Müller das Kind. Aber es wirkte.

Dr. Müller machte die Augen auf, straffte seine Schultern und stand endlich wieder aufrecht. „Ihr habt Recht.“ Er zog sein Handy aus der Tasche. „Wir müssen ihn finden. Ich muss mit Hannes reden.“

Natürlich war Hannes' Telefon wieder einmal ausgeschaltet.

„Das Gelände hinter dem alten Güterbahnhof“, fiel Dr. Müller plötzlich ein. „Da hat er früher immer mit seinem Freund Erik gespielt. Ich weiß, dass Hannes heute noch öfter dort ist. Die Gegend ist völlig verlassen. Vielleicht finden wir ihn da.“

Das klang plausibel. Tori zitterte vor Aufregung, als sie in Dr. Müllers Mercedes stiegen. Heinrich nahmen sie mit. „Wenn Hannes dort ist, dann spürt der Hund ihn auf. Heinrich ist ganz verrückt nach dem Jungen“, erklärte Dr. Müller.

Sie hatten den Bahnhof fast erreicht, als Jonas' Handy klingelte

„Hannes, es ist Hannes!“, rief er nach einem Blick aufs Display aufgeregt.

„Sag ihm nichts davon, dass ihr mit mir gesprochen habt“, rief Dr. Müller sofort. „Wer weiß, wie er reagiert. Am Ende macht er irgendeine Dummheit.“

Jonas nahm das Gespräch an.

„Hi, Hannes, was gibt's?" Er lauschte in den Hörer. „Was sagst du da? Wo ist sie? Und wo steckst du jetzt?"

Eine Pause.

„Ich verstehe kein Wort! Beruhig dich doch erst mal! Was genau ist passiert?"

Plötzlich begann Heinrich auf dem Rücksitz laut und aufgeregt zu bellen, als ob er Hannes durchs Telefon gewittert hätte.

„Nee, das ist ... Washington. Was?" Jonas winkte unwillig nach hinten, um Heinrich zum Schweigen zu bringen, der daraufhin allerdings noch lauter bellte. „Hannes, bitte antworte mir: Wo bist du jetzt? ... Scheiße." Jonas schüttelte den Kopf und nahm das Handy vom Ohr. „Er hat aufgelegt."

„Was war denn?", fragte Herr Müller ungeduldig. „Was hat er gesagt?"

„Ging es um Becky?", wollte Tori wissen.

„Er war total durch den Wind", sagte Jonas. „Ich hab gar nicht richtig verstanden, was los ist. Auf jeden Fall hat er zugegeben, dass er Becky hat. Aber irgendwas stimmt nicht mit ihr."

„Das Fohlen!", rief Tori. „Du meine Güte, es geht los."

„Warum hat er denn aufgelegt?", fragte Herr Müller.

„Keine Ahnung. Ich hab vermutlich irgendwas Falsches gesagt", meinte Jonas. „Aber ich weiß, wo er ist."

„Wo?“, schrie Tori.

„Auf dem Bolzplatz“, sagte Jonas. „Ich konnte Fritz im Hintergrund brüllen hören.“

Dr. Müller brauste viel zu schnell in die verkehrsberuhigte Straße, an deren Ende die Sunshine Ranch und der Bolzplatz lagen. Beim Abbiegen quietschten die Reifen des Mercedes auf dem Asphalt.

„Langsam!“, rief Tori. „Wenn wir hier so reinbrettern, hört er uns doch sofort!“

Dr. Müller bremste. Keine Sekunde zu früh, denn soeben hechtete Herr Fischer aus dem Gartentor und warf sich todesmutig auf die Straße.

„Halt! Ich fordere Sie auf, stehen zu bleiben!“, schrie er. „Dies ist eine Tempo-30-Zone, Sie gewissenloser Raser! Ich werde das nicht länger akzeptieren. Ich werde …“

„Sie kümmern sich um Fischer“, rief Tori Dr. Müller zu. „Jonas und ich laufen zum Bolzplatz und schauen, ob Hannes noch da ist.“

Als Herr Fischer Tori und Jonas aus dem Mercedes steigen sah, sackte sein Unterkiefer nach unten. „Was macht ihr denn hier?“, stammelte er. „Also, ich frage mich wirklich …“

Was Herr Fischer sich fragte, hörten sie nicht mehr. Sie stürmten am Tor der Ranch vorbei, den kleinen Pfad entlang, der zum Bolzplatz führte.

„Vorsicht jetzt!“, befahl Jonas, kurz bevor sie den Fußballplatz erreicht hatten. „Wir dürfen ihn nicht erschrecken, sonst haut er direkt ab.“

Sie gingen die letzten Meter auf Zehenspitzen. Tori war völlig aus der Puste und rang nach Atem. Jonas wirkte dagegen total locker. Das viele Fußballtraining machte sich anscheinend bezahlt.

Auf der Sunshine Ranch röhrte Fritz. Sein Gebrüll war unglaublich laut. Offensichtlich hatten ihn die Mädchen trotz der Warnung des Ordnungsamts auf die Weide gebracht.

„Da!“ Jonas drückte ihre Hand so fest, dass es wehtat. „Die Schuppentür!“

Die Holztür klappte in den Angeln. Irgendjemand hatte den Verschlag gerade verlassen.

Jonas gab Tori ein Zeichen. Er wies mit einem Daumen nach links und mit dem anderen nach rechts. Tori nickte, dann schlich sie sich rechts an der Hütte vorbei. Sie versuchte, so leise wie möglich aufzutreten. Ein dürrer Ast, trockenes Laub, ein knirschender Kiesel, alles konnte sie verraten. Eine Brennnesselstaude strich an ihrem nackten Arm entlang. Sie spürte es kaum.

Hannes saß hinter dem Schuppen auf einem Haufen Bauschutt. Er hatte die Beine an den Körper gezogen und blickte Tori entgegen.

„Da seid ihr ja“, sagte er.

Sie ließ sich neben ihm auf einem Stapel Dachziegel nieder. „Und nun?“, fragte sie Hannes.

„Ich wusste, dass ihr kommt“, sagte Hannes, als ob sie nichts gesagt hätte. „Ihr wart bei meinem Vater, oder?“

„Was ist mit Becky?“, fragte Tori. „Wo hältst du sie versteckt? Hannes, du musst uns sagen, wo sie ist!“

„Ich glaube, das Fohlen kommt“, sagte Hannes mit einem seltsam geistesabwesenden Gesichtsausdruck. Er wirkte, als ob er schlafwandelte. Tori hätte ihn gerne bei den Schultern genommen und kräftig geschüttelt, aber vielleicht würde er ihnen dann gar nichts verraten.

„Woher wusstest du, dass wir mit deinem Vater gesprochen haben?“, fragte Jonas, der sie inzwischen ebenfalls erreicht hatte.

„Ich weiß, dass ihr ihn verdächtigt. Seit du mich gefragt hast, ob ich jemand kenne, der bei Schleyer arbeitet. Und als wir gerade telefoniert haben, hab ich Heinrich bellen hören. Du hast behauptet, dass es der Hund von der Ranch sei. Aber ich konnte Washington hinter dem Zaun sehen, während wir miteinander gesprochen haben. Du hast mich angelogen.“

„Du hast uns ja auch angelogen!“, rief Tori aufgebracht. „Diese Nummer mit dem Zirkus, die hast du dir von vorne bis hinten ausgedacht, um uns in die Irre zu führen!“

„Ich wollte euch von meinem Vater ablenken. Weil

ich wusste, dass ihr auf mich kommen würdet, sobald ihr mit ihm gesprochen habt."

„Jetzt muss die arme Becky leiden, nur weil du eine Rechnung mit deinem Vater offen hast", meinte Tori. „Ich sag dir eines: Wenn Becky oder dem Fohlen was passiert, dann ..."

„Warum erzählst du uns nicht, wo sie ist?", unterbrach Jonas sie sanft. „Wir sind doch Freunde, oder?"

„Komm mir nicht mit der Nummer!", schrie Hannes wütend. „Wir sind keine Freunde. Wir kennen uns doch kaum! Wir kicken nur hin und wieder zusammen."

„Wie hast du sie entführt?", fragte Jonas. „Wir waren an dem Sonntag die ganze Zeit zusammen. Erst haben wir trainiert und dann sind wir zu Fabian, den Film gucken."

„Ihr merkt doch gar nicht, ob ich dabei bin oder nicht!", sagte Hannes anklagend. „Ich war zwischendurch bestimmt eine Stunde lang weg und keinem von euch ist was aufgefallen. Und du sagst, dass wir Freunde sind."

Wo er Recht hatte, hatte er Recht, dachte Tori. „Wo hast du Becky versteckt?", fragte sie.

Hannes biss sich auf die Unterlippe. „Mein Vater wollte Becky was antun. Ich musste sie in Sicherheit bringen."

„Aber sie ist nicht in Sicherheit!", rief Tori. „Sie ist in Lebensgefahr. Wenn es beim Abfohlen zu Komplikationen kommt und keiner ihr hilft, dann stirbt sie. Und du bist schuld!“

Hannes nagte an seiner Lippe und schwieg.

„Mensch, wenn der Stute was passiert, das würde dich doch am schlimmsten treffen“, erklärte Jonas. „Mach schon, hilf uns!“

„Okay“, meinte Hannes schließlich. „Ich bring euch zu ihr. Aber ihr müsst mir versprechen, dass ihr meinem Vater nichts …“

Weiter kam er nicht.

Mit schlappenden Ohren schoss Heinrich um die Ecke und stürmte begeistert bellend auf Hannes zu.

„Heinrich! Wo kommst du denn her?“ Hannes versuchte aufzustehen, aber in seiner Wiedersehensfreude warf Heinrich ihn wieder um. Liebevoll leckte er ihm über Gesicht und Hände.

Hannes’ schmales Gesicht leuchtete auf, aber dann erstarrte er plötzlich. An der Ecke des Schuppens war sein Vater aufgetaucht.

„Junge!“, rief Dr. Müller. „Da bist du ja! Was für ein Glück, dass wir dich endlich gefunden haben.“

Da war Hannes aber ganz anderer Meinung. Er rappelte sich hoch, schob Heinrich zur Seite und rannte los. Der Hund, der das Ganze für ein lustiges Spiel hielt, folgte ihm mit lautem Bellen. Dr. Müller sprintete ebenfalls hinter seinem Sohn her. „Hannes“, schrie er. „Bleib hier! Wir müssen endlich reden!“

„Super!“ Jonas stampfte vor Wut auf dem Boden auf. „Warum ist er denn nicht beim Wagen geblieben? Gerade hatten wir Hannes so weit, dass er auspackt.“

„Sollen wir ihnen folgen?“, fragte Tori.

„Lass mal“, sagte Jonas. „Die kommen nicht weit. Da ist die Schnellstraße, da können sie nicht drüber.“

Tori wollte gerade antworten, als sie den Schrei hörten.

„Hannes!“

Das war Dr. Müllers angstverzerrte Stimme.

Danach ertönten ein Hupen und gleichzeitig das Quietschen von Reifen. Irgendetwas krachte, splitterte, und dann war alles still.

Beste Freundinnen

Hannes lag mitten auf der Schnellstraße auf dem Rücken und rührte sich nicht. Die Arme und Beine ausgebreitet, den Kopf zum Himmel gewandt, als ob er ein Sonnenbad nähme. Aber der rechte Arm war seltsam verrenkt und das Gesicht blutverschmiert. Der Wagen, der ihn erfasst hatte, hing in der Leitplanke, der Fahrer war gerade ausgestiegen.

„Der Junge ist mir plötzlich vors Auto gerannt“, stammelte er. „Ich konnte nicht ausweichen. Und ich bin bestimmt nicht zu schnell gefahren.“

Niemand beachtete ihn. Dr. Müller kniete neben seinem Sohn, er fühlte seinen Puls und sprach gleichzeitig in sein Handy.

„Ist er …?“, fragte Tori.

„Ich weiß nicht“, flüsterte Jonas.

Hinter dem Warndreieck, mit dem ein anderer Fahrer die Straße abgesperrt hatte, stauten sich die Autos. Die Insassen stiegen aus und reckten die Hälse.

Innerhalb weniger Minuten war der Unfallplatz von Neugierigen umstellt, die Hannes und seinen Vater anstarrten, als wären sie in einem Freilichttheater. Eine Großfamilie, Vater, Mutter, Großeltern und drei Kinder, stellten sich direkt vor Tori und Jonas auf und versperrten ihnen die Sicht.

„Der ist bestimmt alle“, verkündete eines der Kinder. „So wie der blutet.“

Sein Vater versetzte ihm mit der flachen Hand einen Schlag gegen den Hinterkopf, ohne dabei die Augen von der Unfallszene zu wenden. Tori hätte gerne die ganze Familie getreten. Und alle anderen Gaffer auch. Geht doch weg!, hätte sie am liebsten geschrien. Ihr kennt Hannes gar nicht, was steht ihr hier rum und glotzt?

Aber sie brachte keinen Ton heraus. Sie stand einfach nur da und starrte auf den Rücken der dicken Mutter.

Nach einer gefühlten Ewigkeit kam der Notarzt.

Zwei Sanitäter stiegen aus, untersuchten Hannes kurz und betteten ihn auf eine Matte. Danach legten sie eine Infusion und trugen ihn zum Krankenwagen. Als Dr. Müller ebenfalls einsteigen wollte, hielt ihn einer der Sanitäter zurück. Tori sah, wie er auf den Hund deutete und Herr Müller sich suchend umblickte.

„Wir können Heinrich nehmen“, schrie sie so laut, dass die Familie vor ihr einen entsetzten Sprung nach vorn machte. „Hallo, Dr. Müller!“

Sie kletterte über die Leitplanke und rannte zum Notarztwagen.

Heinrich winselte leise, als Tori ihn am Halsband festhielt. Dr. Müller stieg auf der Beifahrerseite ein. Dann fuhr der Wagen ab, ohne dass er sich noch einmal zu ihnen umwandte.

„Was für ein Albtraum“, sagte Tori, als Jonas neben ihr stand. „Erst stirbt die Mutter bei einem Autounfall und jetzt wird Hannes überfahren. Hoffentlich geht alles gut.“

„So ein verdammter Mist“, murmelte Jonas. An der Unfallstelle traf jetzt die Polizei ein, ein Beamter nahm die Aussage des Autofahrers auf, zwei andere vermaßen die Bremsspuren.

„Seid ihr Augenzeugen?“, erkundigten sie sich bei Tori und Hannes. Als sie den Kopf schüttelten, schickten sie sie weg. „Gaffer brauchen wir hier nicht“, erklärte einer der Beamten noch.

„Habt ihr's alle gehört?“, schrie Tori laut in die Menge. „Gaffer brauchen die hier nicht. Es passiert auch nichts mehr, die Vorstellung ist vorbei!“

Die Leute glotzten sie ausdruckslos an. Die dicke Mutter verteilte Bonbons.

„So ein verdammter Mist“, wiederholte Jonas. „Lass uns hier abhauen.“

Tori nickte. Sie mussten endlich Becky finden. Sofort!

„Was, Hannes hat Becky entführt?“, fragte Juliana ungläubig, nachdem Tori und Jonas den Mädchen alles erzählt hatten. „Den kenn ich aus der Volleyball-AG. Das hätte ich ihm nie und nimmer zugetraut.“

„Das ist doch so ein Stiller“, sagte Hannah. „Was genau hat er über Becky gesagt?“

„Dass er glaubt, dass das Fohlen kommt“, erklärte Tori.

„Als er mich vorhin auf dem Handy angerufen hat, war er total panisch. Er sagte immer wieder, dass es Becky schlecht geht und er nicht weiß, was er tun soll“, sagte Jonas.

„Du lieber Himmel“, flüsterte Myriam. „Und jetzt ist er bewusstlos und kann uns nicht mehr verraten, wo sie steckt.“

„Ein Pferd kann sich nicht Luft auflösen“, überlegte Sina. „Jonas, du kennst Hannes am besten. Wo könnte er Becky versteckt halten?“

„Ich kenn ihn überhaupt nicht.“ Jonas schüttelte den Kopf. „Hat er doch gerade noch selbst gesagt.“

„Ich weiß, wo Becky ist!“, rief Tori plötzlich. „Am alten Güterbahnhof.“

Jonas sprang auf. „Natürlich. Müller hat doch erzählt, dass Hannes da oft abhängt. Bestimmt hat er Becky irgendwo auf dem Gelände untergebracht. Kommt, Leute, da muss sie sein!“

„Wie willst du denn da hinkommen? Unsere Fahrräder stehen immer noch in der Lilienallee. Und zu Fuß brauchen wir Lichtjahre", sagte Tori.

Dann sah sie Sina an. Und Sina sah Tori an. Jede von ihnen wusste genau, was die andere dachte.

Früher, als sie noch beste Freundinnen gewesen waren, waren sie in dem Gelände um den stillgelegten Güterbahnhof immer ausgeritten. Sie hatten niemandem davon erzählt. Sue wäre ausgerastet, wenn sie davon gewusst hätte. Die Brache zwischen den alten Gleisanlagen und Lagerhallen war gefährlich – für Pferde und Reiter gleichermaßen. Unkrautüberwucherte Stahlstreben, grasüberwachsene Schutthaufen und moosbedeckte Schienen konnten einen leicht zum Stolpern bringen.

Aber gerade weil es so gefährlich war, war es ein Paradies. Sie waren vollkommen allein dort gewesen. Aus altem Industrieschrott hatten sie sich eine Art Roundpen gebaut, in dem sie mit den Pferden Galoppwechsel und Rollbacks geübt hatten. Stundenlang. Und danach hatten sie die Pferde grasen lassen, während sie auf den Stufen vor dem alten Bahnhofsgebäude saßen und sich all ihre Geheimnisse erzählten.

Tori stand auf.

„Könnt ihr auf Heinrich aufpassen?", fragte sie die anderen. „Ich muss noch mal weg."

Sina erhob sich ebenfalls. „Ich komm mit", sagte sie.

Tibor und Janko wussten sofort Bescheid. Als die Mädchen sie nicht auf den Trampelpfad lenkten, der hoch zum Wald führte, sondern die Straße hinunterritten, erst am Supermarkt und dann an den Schrebergärten vorbei, erinnerten sie sich. Tibor warf den Kopf zurück und wieherte leise, fast verschwörerisch. Janko antwortete mit einem begeisterten Schnauben. Die beiden Wallache beschleunigten ihre Schritte. Die Mädchen mussten ihnen die Richtung gar nicht vorgeben, sie fanden den Weg zum Gelände des Güterbahnhofs von ganz allein.

Washington, der ihnen auf der Suche nach Becky helfen sollte, kam kaum noch nach. Missmutig trottete er hinter den Westernpferden her. Er hasste Reitausflüge, ganz egal zu welchem Ziel.

„Ob der Zaun noch offen ist?“, fragte Sina.

Früher war der hohe Maschendrahtzaun, der unbefugte Besucher fernhalten sollte, an einer Stelle durchbrochen gewesen. Man hatte ein ganzes Zaunelement aus dem Boden ziehen und zur Seite schieben können.

Wie lange war das her? Über ein Jahr auf jeden Fall.

„Sie haben die Öffnung bestimmt repariert“, sagte Tori düster. Trotzdem klopfte ihr Herz schneller, als Sina an der vertrauten Stelle von Jankos Rücken sprang.

„Aber vielleicht haben wir Glück“, entgegnete diese.

Sie hatten Glück. Der Zaun ließ sich immer noch öffnen.

Das Gelände war noch verwilderter als früher. Brennnesseln, Disteln und Gestrüpp wucherten meterhoch, dazwischen lagen morsche Bretter und Baumstämme, alte Autoreifen und Mauerreste. Tibor und Janko zogen sofort zu dem alten Reitplatz, der inzwischen von Schlingpflanzen und Efeu überwachsen war. Nach ein paar Metern stiegen die Mädchen ab und führten die Pferde.

„Wo könnte Hannes Becky versteckt haben?", fragte Sina.

Tori blickte sich um. „Das Gelände ist riesig", sagte sie zweifelnd. Sie hatte es gar nicht so groß und unüberschaubar in Erinnerung.

Seit sie das Brachland betreten hatten, hatte sich Washingtons Laune merklich gebessert. Er stürmte aufgeregt von einem Busch zum anderen, von Schutthaufen zu Maulwurfshügeln und zur Brandschutzmauer. Überall roch es anders und alles war köstlich. In kürzester Zeit stöberte er vier kaputte Bälle, acht Eichhörnchen und an die dreißig Wildkaninchen auf. Nur Becky fand er nicht.

„Such Becky!", rief Tori. „Wo ist das Pferd?"

Aber das erschien Washington zu blöd. Sie hatten doch schon zwei Pferde, was wollten sie mehr? Die Kaninchen waren viel interessanter.

Tori und Sina banden die beiden Quarterhorses an einem Metallstreben fest und begannen, sämtliche Lagerhallen und Ruinen zu durchsuchen. Sie zerkratzten sich die Arme an Dornen und Metallspitzen und schürften sich die Knie an Geröll und Schutt wund. Sie schauten in jeden Winkel. Aber vergeblich.

„Sie ist nicht hier", seufzte Tori verzweifelt.

„So ein Mist", murmelte Sina.

Sie setzten sich auf einen Mauerrest und streckten die schmerzenden, zerkratzten Beine aus.

Tori war zum Heulen zumute. Sie war sich so sicher gewesen, Hannes' Versteck erraten zu haben. Wo konnte Becky nur sein? Was, wenn sie sie nicht rechtzeitig finden konnten?

Dann drängte sich das Bild des Jungen in ihre Erinnerung, wie er ohnmächtig und blutüberströmt auf der Schnellstraße gelegen hatte. Sie wollte den Gedanken mit aller Macht beiseiteschieben, aber es gelang ihr nicht. Es war zum Verzweifeln! Warum war das Leben bloß so kompliziert?

„Ich wollt dich mal was fragen", sagte Tori. „Wo wir schon mal allein sind."

„Was denn?"

Tori räusperte sich. „Stimmt es, dass du gesagt hast, dass ich eine Oberzicke bin?"

„Wer behauptet das?"

„Ist doch egal. Ich wollte nur wissen, ob es stimmt. Ob du das wirklich denkst."

„Na ja", sagte Sina gedehnt. „Ich kann mich zwar

nicht daran erinnern, dass ich das gesagt habe. Aber gedacht hab ich mir das schon ein paarmal."

„Aha." Tori schwieg.

„Ist eben so", verteidigte sich Sina. „Du hast dich total verändert."

„Nee. Ich war schon immer so. *Du* hast dich verändert. Seit du mit Viktor zusammen bist, findest du mich nur noch bescheuert."

„Das stimmt nicht."

„Nein?"

„Nein. Es hat nichts mit Viktor zu tun. Es hat schon vorher angefangen."

„Na, danke."

„Sorry", murmelte Sina. „Aber du wolltest es ja wissen."

„Was mach ich denn falsch?"

„Du bist so spöttisch. Und weißt immer alles besser und schaust auf die anderen runter und machst dich über sie lustig. Und über mich auch."

„Aber das mein ich doch nicht ernst. Das weißt du doch", rief Tori.

„Früher wusste ich das", sagte Sina. „Aber heute bin ich mir nicht mehr so sicher. Ich hab das Gefühl, dass ich dich gar nicht mehr kenne."

„Doch", beharrte Tori. „Du kennst mich. Ich bin immer noch die Alte. Tori. Deine beste Freundin." Plötzlich hatte sie Tränen in den Augen.

Sie schwieg, um nicht loszuheulen. Sina schwieg ebenfalls.

„Du und Jonas", fragte Sina schließlich. „Seid ihr jetzt zusammen?"

„Nein", sagte Tori schnell. „Oder vielleicht doch", fügte sie nach einer kurzen Pause hinzu. „Aber ich will nicht drüber reden. Weil es sonst nämlich gleich wieder aus ist."

„Diesmal nicht", sagte Sina. „Da bin ich mir sicher."

„Echt?" Tori hob verwundert den Kopf. „Warum?"

„Weil es das erste Mal ist, dass du dich in einen richtig netten Jungen verliebt hast. Diesmal funktioniert's bestimmt."

Tori lächelte. Sina kannte Jonas ja kaum und dennoch machten ihre Worte sie zuversichtlich. Und glücklich.

Sina reckte ihr Gesicht in die Abendsonne.

„Ist schön, mal wieder hier zu sein. Wir sollten das öfter machen. Nur wir beide. Wie früher."

„Das finde ich auch", sagte Tori.

Im selben Moment begann Washington laut und aufgeregt zu bellen.

„Was ist denn los?", rief Tori. „Sei doch mal still!"

Sina hielt Washington die Schnauze zu. Und dann hörten sie das Wiehern.

Frida

Das Geräusch kam ganz aus ihrer Nähe. Ein schriller, angsterfüllter Klageschrei. Auch Tibor und Janko hörten es und warfen unruhig die Köpfe zurück.

„Das ist Becky! Sie muss irgendwo da hinten sein", rief Sina.

Washington war schon vorgerannt. Aufgeregt hechelnd brach er durch ein Brombeergestrüpp.

„Das kann nicht der richtige Weg sein", sagte Tori skeptisch. „Die Hecke ist so dicht, man sieht sofort, dass hier seit Wochen keiner mehr durchgegangen ist."

„Aber das Wiehern kommt eindeutig von dort", sagte Sina. „Und Washington riecht auch irgendwas."

„Wahrscheinlich ein totes Kaninchen", murmelte Tori. Dennoch folgte sie Sina, die sich bereits einen Weg durch die Hecke bahnte.

Verdammt, die Brombeerranken waren ja oberfies! Die Dornen rissen ihre Haut auf wie Katzenkrallen. Nach wenigen Augenblicken waren ihre Arme von blutigen Kratzern überzogen. Auch Sina sah aus, als ob sie mit einem Raubtier gekämpft hätte.

Glücklicherweise lichtete sich das Gestrüpp bald. Sie erkannten eine Treppe, die in einen Keller führte. Das Gebäude darüber hatten sie bereits durchsucht, aber den Keller hatten sie nicht bemerkt.

Washington stand am Ende der Stufen und bellte laut und aufgeregt.

„Das ist doch Quatsch“, erklärte Tori. „Wie soll Hannes Becky hier runtergebracht haben?“

„Vielleicht gibt es noch einen anderen Zugang.“ Sina war schon auf der Treppe. Jetzt hatte sie die Tür erreicht. „Sie ist auf“, stellte sie erleichtert fest.

Die schwere Tür quietschte fürchterlich. Sobald der Spalt breit genug war, schob sich Washington durch die Öffnung.

„Warte doch!“, rief Sina ihm nach, aber er war schon weg.

„Wenn wir bloß eine Taschenlampe hätten“, jammerte Tori. Doch als sie den Raum betraten, stellten sie fest, dass das gar nicht nötig war. Durch zwei große Fenster drang Tageslicht in den Keller.

In der Mitte des Raums stapelten sich einige Strohballen. Ein Teil des Bodens war mit Streu bedeckt und auf der Streu lag Becky.

Die Stute wälzte sich unruhig hin und her.

„Becky!“ Tori wollte zu ihr laufen, aber Sina hielt sie zurück.

„Warte."

Auch Washington war in einiger Entfernung von dem Pferd stehen geblieben. Er hatte aufgehört zu bellen und hechelte nur noch atemlos.

„Das Fruchtwasser ist bereits abgegangen." Sina wies auf den großen nassen Fleck unter dem Hinterteil der Stute. „Das Fohlen müsste jeden Moment zur Welt kommen."

„Wir rufen Dr. Knopfler." Mit zitternden Fingern zog Tori ihr Handy aus der Tasche. So ein Mist aber auch! Im Keller gab es keinen Empfang.

„Gib mal her, ich versuch es draußen noch mal." Sina riss ihr das Handy aus der Hand und rannte damit zurück zur Treppe.

Becky warf sich stöhnend auf die andere Seite. Ihr hellbraunes Fell glänzte nass vor Schweiß. Sie verdrehte die Augen vor Schmerzen und blähte die Nüstern. Tori hatte schon einmal eine Pferdegeburt miterlebt. Als Nike vor zwei Jahren zum ersten Mal abgefohlt hatte, hatten sie und Sina extra auf der Sunshine Ranch übernachtet. Aber damals war natürlich auch Sue dabei gewesen, die genau gewusst hatte, was zu tun war. Heute waren sie allein mit Becky.

Die Geburt musste bereits am Nachmittag begonnen haben. Hannes war ja total außer sich gewesen, als er Jonas angerufen hatte. Aber dann musste das Ganze ins Stocken geraten sein, sonst wäre das Fohlen jetzt schon da. Vielleicht lag es verkehrt herum oder hatte sich irgendwie im Mutterleib verhakt. Tori erinnerte sich daran, dass Sue damals mit beiden Armen in Nikes Leib gegriffen hatte, um ihrem Fohlen den entscheidenden Dreh zu geben. Vielleicht brauchte auch Becky Hilfe beim Abfohlen. Aber Tori konnte nichts tun, sie hatte ja keine Ahnung, wie das Fohlen liegen musste.

Sie erkannte nur, dass die Streuschicht, auf der die Stute lag, viel zu dünn war und darüber hinaus völlig durchnässt. An der Wand stand eine Schubkarre mit frischem Stroh.

Tori kippte sie neben Becky aus. Sie bückte sich, um das Stroh auf dem harten Betonboden zu verteilen. Im letzten Moment wich sie erschrocken zurück. Becky hatte sich gedreht und dabei ausgekeilt. Um ein Haar hätte Tori einer ihrer Hufe erwischt.

„Was machst du denn da?“ Inzwischen war auch Sina wieder zurück. „Bleib weg von ihr, das ist viel zu gefährlich.“

„Hast du Dr. Knopfler erreicht?“

Sina schüttelte den Kopf. „Ich hab auch draußen keinen Empfang. Wir müssen es alleine hinkriegen.“

„Aber das ist total unmöglich“, rief Tori. „Wir haben doch beide keine Ahnung …“

„Wir kriegen das hin, hörst du?“, unterbrach Sina sie scharf.

Tori schluckte. Dann nickte sie.

Sina packte ihren Arm. „Da!“

Jetzt erst merkte Tori, dass der Schweif der Stute hochgebunden war. Das musste Hannes noch gemacht haben, bevor er aus dem Stall geflüchtet war.

Becky drehte ihnen das Hinterteil zu. Und jetzt erkannte auch Tori, was Sina gesehen hatte. Aus ihrer Scheide schob sich ein kleiner Huf. Und noch einer.

„Das Fohlen“, flüsterte sie. „Es kommt.“ Jetzt waren bereits beide Beine erschienen.

„Die Vorderbeine, Gott sei Dank“, murmelte Sina. „Das Fohlen liegt richtig rum.“

Becky stöhnte. Ein kleiner schwarzer Kopf erschien hinter den Vorderbeinen. Nase und Augen waren noch vom Eisack umgeben, man konnte das Fohlen kaum erkennen. Das war gefährlich, wusste Tori. Durch den Eisack bekam das Fohlen keine Luft.

Atemlos warteten sie darauf, dass der Rest des Körpers nach draußen gepresst wurde. Aber jetzt tat sich auf einmal gar nichts mehr.

Beckys Kopf lag schlaff und kraftlos auf dem Steinboden. Ihre schweißnassen Flanken hoben und senkten sich leicht, sie atmete nur noch flach.

„Wir müssen ihr helfen“, rief Sina. „Sonst erstickt das Fohlen.“

Bevor Tori antworten konnte, war sie auf Knien zu der Stute gerutscht und hatte die beiden zarten Pferdefüße gepackt. Behutsam zog sie daran.

Nichts tat sich.

„Fester!“, befahl Tori. „Das Fohlen muss raus!“

Sina schwitzte inzwischen genauso stark wie Becky. „Ich habe Angst, dass ich sie verletze“, keuchte sie.

„Zieh!“, schrie Tori.

Sina zog. Und Becky, die bei Toris Schrei zusammengezuckt war, begann nun ebenfalls wieder zu pressen. Endlich bewegte sich das Fohlen. Der kleine Rücken erschien, dann das Hinterteil und schließlich glitten die Beine wie von selbst aus dem Mutterleib.

Sina ließ die Hufe los und trat einen Schritt zurück. Becky hob kurz den Kopf, um ihr Neugeborenes zu betrachten, und ließ ihn ermattet wieder zu Boden sinken.

„Die Eihülle muss weg.“ Jetzt kroch Tori zu dem Fohlen. Sie riss den glitschigen Eisack auf.

Dann wich sie wieder zurück. Aufgeregt beobachteten die beiden Mädchen das regungslose Fohlen und seine ermattete Mutter. Dauerte es Sekunden oder Minuten oder Stunden? Tori hatte jegliches Gefühl für die Zeit verloren. Aber irgendwann wälzte sich Becky auf den Bauch, richtete den Kopf auf und begann ihr Fohlen sauber zu lecken.

„Sie nimmt es an“, wisperte Tori erleichtert.

Sie hätte vor lauter Erleichterung am liebsten laut gelacht, aber das ging nicht, weil sie plötzlich weinen musste.

Und Sina weinte auch.

„Du meine Güte, was ist denn hier passiert?“, fragte Jonas.

Sie fuhren beide herum. Wo kam der denn jetzt so plötzlich her?

„Was ist mit Becky? Ist sie …?“ Erst jetzt sah er das Fohlen, das gerade versuchte, sich aufzurichten. Immer wenn es fast auf den Beinen war, purzelte es wieder in die Streu.

Becky stupste ihr Kind mit der Nase an. Daraufhin versuchte es es noch einmal.

„Alles okay“, schluchzte Sina.

„Warum weint ihr denn dann?“

„Weiß ich auch nicht.“ Tori wischte sich mit dem Ärmel die Tränen aus dem Gesicht. „Wie hast du uns gefunden?“

„Ich bin rumgelaufen und hab wie ein Verrückter nach euch gerufen. Irgendwann hat mich Washington gehört und hierher geführt.“

Washington! Sie hatten nicht einmal mitbekommen, dass er den Keller verlassen hatte.

„Wo ist denn der Tierarzt?“, fragte Jonas und sah sich suchend um.

„Hier ist ein Funkloch. Wir haben ihn nicht erreicht. Aber Becky hat es auch allein geschafft“, sagte Sina.

„Mit deiner Hilfe hat sie es geschafft“, korrigierte Tori sie. „Wenn du das Fohlen nicht rausgezogen hättest, wäre es gestorben.“

„Und wenn du den Eisack nicht aufgerissen hättest, wäre es erstickt“, ergänzte Sina.

„Hey.“ Jonas blickte erstaunt von der einen zur anderen. „Das sind ja ganz neue Töne.“

Jetzt stand das kleine Fohlen endlich. Seine dünnen Beine wackelten gefährlich, der große Kopf schwankte hin und her, aber es hielt sich aufrecht.

Tori seufzte glücklich. „Ist die Kleine nicht süß?“

„Ist es denn ein Mädchen?“, fragte Sina. „Darauf hab ich in der Aufregung gar nicht geachtet.“

„Und?“, erkundigte sich Jonas. „Wie soll sie heißen?“

„Wie wär’s mit Victoria?“, schlug Sina vor.

„Was für ein schrecklicher Name!“, rief Tori. „Das arme Ding! Ich bin für Frida.“

„Wie kommst du denn darauf?“, fragte Sina.

„Na, wegen Fritz. Er hat seine Becky doch so vermisst.“

„Becky, Fritz und Frida“, sagte Jonas feierlich. „Das klingt schön.“

„Warten wir mal ab, was Sue sagt, bevor wir die Kleine taufen“, meinte Sina.

Becky war inzwischen ebenfalls aufgestanden. Das Fohlen stakste mit unsicheren Schritten zu ihr und begann zu trinken.

„Schau nur, wie geschickt sie ist!“, jubelte Sina.

„Ich bin sooo stolz!“, verkündete Tori.

Jonas räusperte sich. „Ich hab übrigens gute Nachrichten."

„Hannes?" Toris Kopf fuhr zu ihm herum. „Geht es ihm besser?"

„Ich bin am Krankenhaus vorbeigefahren, bevor ich hierher gekommen bin. Sie haben mich natürlich nicht zu ihm gelassen. Aber eine der Schwestern hat mir erzählt, dass Hannes' Zustand stabil ist. Er wird wieder gesund."

„Gott sei Dank!"

„Müller ist bei ihm. Vielleicht hat das ganze Horrorerlebnis ja auch sein Gutes und die beiden sprechen sich mal richtig aus. Und finden endlich eine Lösung."

„Eine Aussprache ist immer gut", meinte Tori.

Sina sah sie an und lächelte. Und Tori lächelte zurück.

Special guests

Neben der Pferdekoppel hatte Sue eine lange Tafel aufgebaut. Zur Feier ihrer Rückkehr hatten sie und Robert die Pferdemädchen, Viktor und Jonas zum Barbecue eingeladen.

„Auf unsere kleine Frida!“, rief sie glücklich und hob ihr Glas mit Waldmeisterbowle.

„Auf Frida!“ Tori stieß zuerst mit Jonas an und dann mit Sina.

„Und auf euch“, fuhr Sue fort. „Ich kann immer noch nicht glauben, wie toll ihr das alles hier gemanagt habt. Ich sollte öfter wegfahren. Es läuft viel besser ohne mich als mit mir.“

Die Mädchen lächelten verlegen und starrten etwas unbehaglich in ihre Gläser. Vor Sues Ankunft hatten sie sich darauf geeinigt, ihr nichts von Beckys Entführung zu erzählen.

„Wer weiß, wie sie reagiert?“, hatte Tori gesagt. „Am Ende flippt sie total aus und macht sich Vorwürfe, dass sie uns allein gelassen hat.“

„Oder uns, dass wir sie nicht angerufen haben“, ergänzte Sina. „Nee, ist besser, sie erfährt es gar nicht erst."

Inzwischen war Sue seit fast einer Woche wieder zurück und hatte nichts gemerkt. Dr. Knopfler hatte offensichtlich ebenfalls dichtgehalten.

„Frida ist kerngesund", hatte er erklärt, nachdem er das Fohlen kurz nach der Geburt untersucht hatte. „Und Becky geht es auch hervorragend. Da wollen wir mal Gras über die Sache wachsen lassen."

Er hatte Becky und Frida mit seinem Anhänger zurück auf die Sunshine Ranch gefahren und den Mädchen dann ordentlich die Leviten gelesen. „Aber wenn das nächste Mal so etwas passiert, will ich früher informiert werden."

Ein nächstes Mal wird es hoffentlich nicht geben!, dachte Tori schaudernd, während sie an ihrer Bowle nippte.

„Am meisten freut mich, dass Fritz das Ganze so gut aufnimmt", erklärte Sue. „Er zeigt überhaupt keine Eifersucht. Dabei muss er seine Becky doch jetzt mit dem Fohlen teilen."

Aber der Esel war so erleichtert darüber gewesen, dass Becky endlich wieder zurück war, dass er Frida gar nicht richtig zur Kenntnis genommen hatte. Nach der glücklichen Wiedervereinigung hatte er zuerst einmal vier Tage durchgeschlafen, danach hatte er Frida als kleine Schwester akzeptiert.

„Und mich freut am meisten, dass wir wieder Freundinnen sind“, murmelte Sina so leise, dass nur Tori es hörte.

„Mich auch“, gab Tori ebenso leise zurück. „Was wär ich ohne dich?“

„In Geschichte auf jeden Fall eine Note schlechter.“

Tori grinste. Nachdem sie beide in den Ferien keine Zeit gehabt hatten, ihr Geschichtsreferat vorzubereiten, waren sie am ersten Schultag gemeinsam zu Herrn Pleger gegangen. „Wir haben uns etwas überlegt“, erklärten sie ihm.

„Ach ja? Und was?“ Herr Pleger musterte sie skeptisch über seine Lesebrille hinweg.

„Wir möchten unsere Themen kombinieren“, sagte Tori. „Wir erarbeiten ein Referat über den Einfluss des antiken Griechenlands auf die Römerwelt.“

„Das ist aber ein sehr komplexes Thema“, meinte Herr Pleger.

„Deshalb brauchen wir ja auch noch mehr Zeit“, sagte Sina. „Mindestens bis zum Ende der Woche.“

Sie hatten vier Nachmittage an ihrem Vortrag gearbeitet, und als sie das Referat dann am Freitag gehalten hatten, war Herr Pleger sehr zufrieden mit ihnen gewesen.

„Tolle Zusammenarbeit“, sagte er und gab ihnen beiden eine Eins.

„*Ladies and gentlemen!*“, rief Sue jetzt und klopfte

zur Verstärkung mit einem Messer gegen ihr Punschglas. „Bevor wir mit dem Essen beginnen, möchte ich euch noch meine *special guests* präsentieren. Ich freue mich ganz besonders, dass sie es geschafft haben, heute dabei zu sein."

Die Pferdemädchen sahen sich irritiert an. *Special guests?* Was kam denn jetzt? Oder vielmehr – wer?

Sue klopfte noch einmal gegen ihr Glas und dann bogen Dr. Müller, Hannes und Heinrich um die Ecke des Stalls. Hannes grüßte etwas verlegen mit seinem Gipsarm. Heinrich hechelte begeistert.

Sina schnappte nach Luft.

„Oweia!", stöhnte Jonas.

„Ihr habt doch nicht ernsthaft geglaubt, dass ihr die Geschichte geheim halten könnt?", fragte Sue. „Natürlich standen gleich nach meiner Rückkehr die Fischers hier auf der Matte. Ich hab überhaupt nicht verstanden, was die wollten. Frau Fischer faselte etwas von Fritz 2, der die ganze Zeit vor Heimweh durchgebrüllt habe, vom Ordnungsamt, das ihn nun abholen und einschläfern würde, und von einem Einbruch auf der Ranch. Ich kapierte überhaupt nichts. Also hab ich Dr. Knopfler angerufen."

„Knopfler, der Verräter", stieß Sina zwischen den Zähnen hervor. „Na, der kann was erleben!"

„Er wollte mir zuerst nichts sagen, aber nach und nach kam die Wahrheit doch ans Licht."

Sue musterte die Mädchen einen Moment lang drohend.

„*I was completely stunned.* Total fassungslos“, sagte sie. „Was ihr da gemacht habt, das war ungeheuer …“ Sie unterbrach sich und schüttelte den Kopf. Tori senkte den Blick und biss sich auf die Lippen. Es war allein ihr Fehler, sie hatte nicht richtig auf Becky aufgepasst. Und sie hatte die anderen Mädchen überredet, Sue nicht zu informieren. Also würde sie jetzt die Schuld auf sich nehmen und die Konsequenzen tragen. „… *it was just wonderful!*“, rief Sue. „*Congratulations! Well done!*“ Sie hob das Glas zum dritten Mal.

„Dem schließe ich mich an. Und herzlichen Glückwunsch zum Pferdenachwuchs“, erklärte Dr. Müller.

Jonas legte seinen Arm um Tori. „Puh“, murmelte er.

„Wollte ich auch gerade sagen“, gab sie zurück.

„Das ist noch nicht alles“, rief Sue in das erleichterte Lachen und Jubeln der Mädchen hinein. „Ich habe noch eine Neuigkeit, die uns alle betrifft.“

Noch etwas Neues? Sue wirkte plötzlich so ernst.

„Ihr wisst ja, dass ich schon lange nach einem Verwalter für die Ranch suche. Jemanden, dem ich vertraue, weil er Tiere genauso liebt wie ich, der sich mit Pferden auskennt und gleichzeitig organisieren kann. Jemand, der mich unterstützt. Was soll ich sagen: Ich habe meinen Partner gefunden. Und übergebe hiermit das Wort an Stefan.“

„Stefan!", flüsterte Sina. „Sie duzen sich schon!"

„Liebe Freunde", sagte Dr. Müller jetzt. „Ihr kennt mich und meine Geschichte ja alle und wisst auch, was in den letzten Wochen passiert ist. Hannes und ich haben uns nach seinem Unfall gründlich ausgesprochen. Und danach bin ich in mich gegangen und zu dem Schluss gekommen, dass man nicht mit den Wölfen heulen und selber ein Lamm bleiben kann. Um es kurz zu machen: Ich hab meinen Job bei Schleyer gekündigt. Eigentlich wollte ich eine Auszeit nehmen und erst mal darüber nachdenken, wie es nun weitergeht. Aber nachdem Sue mich angerufen hat und ich gehört habe, dass sie einen Verwalter für die Sunshine Ranch sucht, da wusste ich, dass ich nicht länger überlegen musste. Dass ich etwas gefunden habe, was ich wirklich machen will."

„Hurra!", schrie Tori.

Dr. Müller lächelte. „Genau. Dem ist nichts mehr hinzuzufügen."

„Doch", sagte Hannes. „Ich muss auch noch was sagen." Er räusperte sich verlegen. „Ich hab mich ziemlich idiotisch benommen, als ich Becky entführt habe. Tut mir leid. Also, ich bin tierisch froh, dass ihr und Frida nichts passiert ist. Und dass mein Vater jetzt hier anfängt."

„Bravo!" Jonas begann zu applaudieren und die anderen fielen mit ein.

„Und wenn ich ganz fit bin“, Hannes hob seinen Gipsarm hoch, „dann fang ich wieder an zu reiten. Ratet mal wo.“

„Natürlich auf der Sunshine Ranch!“, schrie Tori.

Jetzt klatschten alle noch begeisterter.

Nur Tori und Sina applaudierten nicht, sondern klopften auf den Tisch. Sina mit ihrer Linken und Tori mit der Rechten. Weil sie sich nämlich an den Händen hielten.

LESEPROBE

„Sina auf heißer Spur"
Band 1 der „Sunshine Ranch"
von Luzie Bosch
ISBN 978-3-473-40401-8

Janko schnaubte leise und warf den Kopf zurück. Dann scharrte er unruhig mit den Vorderfüßen auf dem Stallboden.

„Ist ja schon gut." Sina griff nach dem Striegel und fuhr mit schnellen, kurzen Strichen über den Hals des dunkelbraunen Quarterhorses. „Du hast Hunger, ich weiß."

Normalerweise machte sie bei ihrem Nachmittagsausritt immer eine halbe Stunde Pause auf der Waldwiese und ließ Janko grasen. Aber heute war keine Zeit dafür gewesen. Heute hatte Sina noch etwas vor.

Sie ließ den Striegel zurück in den Korb fallen und klopfte Janko gegen die Flanken. „Genug für heute, Alter."

„Und was ist mit den Hufen?"

Sina fuhr herum. In der Stallgasse stand Tori und grinste.

„Was hast du denn so Wichtiges vor, dass du dein Pferd nicht ordentlich putzt?"

Sina angelte wortlos den Hufkratzer aus dem Korb, zog Jankos rechten Vorderfuß auf ihren Schenkel und begann ihn zu säubern. Tori war ihre Freundin seit dem Kindergarten, aber in letzter Zeit ging sie Sina mit ihrer Besserwisserei ganz schön auf die Nerven.

„Zufrieden?", fragte sie, als sie alle vier Hufe ausgekratzt hatte.

Keine Antwort. Tori war verschwunden. Sina hörte sie draußen im Hof mit den anderen Pferdemädchen lachen.

Sie füllte Jankos Heuraufe auf, wuschelte ihm zum Abschied durch die Mähne, brachte den Korb mit dem Putzzeug zurück in die Sattelkammer und rannte aus dem Stall. Ein schneller Blick auf die Armbanduhr. Kurz vor fünf. Wenn sie sich beeilte, konnte sie sich noch duschen und umziehen, bevor sie zur Eisdiele auf dem Marktplatz radelte. Um David zu treffen.

Wie immer, wenn sie an ihn dachte, begann Sinas Herz zu galoppieren.

„Ganz ruhig, Sina", murmelte sie.

Vielleicht kam David ja gar nicht. Vielleicht hatte er ihre Verabredung vergessen. Oder er hatte etwas Besseres vor.

Als Sina ihr Fahrrad aus dem Ständer schob, hörte sie Sues Stimme.

„*You must be joking!*" Immer wenn die Ranchbesitzerin aufgeregt oder wütend war, fiel sie in ihre Muttersprache zurück. Und jetzt musste sie fuchsteufelswild sein, das merkte man daran, dass auch ihr Deutsch wie Amerikanisch klang. „Das kann doch nicht Ihr Ernst sein. Von wem haben Sie denn einen solchen Blödsinn?“

„Nun beruhigen Sie sich doch bitte“, entgegnete eine Männerstimme, die Sina nicht kannte. „Wir sind ganz bestimmt nicht hier, um Sie zu ärgern. Aber wir müssen jedem Hinweis nachgehen.“

„Tierquälerei!“, keuchte Sue. „Wie können Sie es wagen, mir so etwas vorzuwerfen! Ausgerechnet mir. *That's just ridiculous!*“

Tierquälerei? Das war tatsächlich absurd. Sue liebte Tiere über alles. Sie brachte es nicht einmal übers Herz, eine Kellerassel zu töten. Einmal hatte Sina sie dabei beobachtet, wie sie eine halb erfrorene Wespe so lange angehaucht hatte, bis sie wieder weiterfliegen konnte.

Die Stimme der Ranchbesitzerin kam aus dem offenen Bürofenster. Davor hatten sich die Reitermädchen versammelt und lauschten.

Die Reitermädchen, das waren Tori, Juliana, Hannah, Ayla, Myriam – und Sina natürlich. Vormittags gingen sie in die Klasse 7a des Friederike-Fliedner-Gymnasiums, nachmittags trafen sie sich auf der Sunshine Ranch. Jede von ihnen hatte ein Pflegepferd, für das sie ganz allein zuständig war, das sie ausritt, fütterte und versorgte.

„Ohne euch könnte ich die Ranch zumachen“, sagte

Sue immer. „Ich würde die Arbeit ja nie und nimmer alleine schaffen."

Das war natürlich übertrieben. Sue war nicht allein. Sie hatte Mike, einen ausgebildeten Reitlehrer und Pferdepfleger, der sich auch um alle anderen Tiere kümmerte. Denn auf der Sunshine Ranch gab es nicht nur zehn Pferde, sondern auch Gänse, Enten, Hängebauchschweine, Hühner, eine Ziege und einen Esel. Und Washington, den riesigen Neufundländer, der immer im Weg herumstand. Wie jetzt, als Sina über den Hof zu den anderen Mädchen rannte.

„Was ist denn los?", fragte sie und drückte sich an dem zotteligen Hund vorbei.

„Schschsch!", machten die anderen.

„Sue hat Ärger", erklärte Tori mit gesenkter Stimme. „Mit der Polizei."

„Mit der ... was?"

„Schsch!", machte Tori noch einmal, obwohl Sina ganz leise gesprochen hatte.

„Ich bestehe darauf, zu erfahren, wer mich angezeigt hat!", donnerte Sue im Büro.

„Die Anzeige war anonym, das sagte ich doch bereits", erwiderte der Polizeibeamte geduldig. „Wir haben natürlich keinen Durchsuchungsbeschluss, aber wenn Sie uns freiwillig einen Einblick in die Räumlichkeiten gewähren, könnten wir die Angelegenheit vermutlich sehr schnell klären."

„*You're welcome!*", herrschte Sue ihn an. „*I've got nothing to hide.*"

„Sie hat nichts zu verbergen", übersetzte Tori, die keine Gelegenheit ausließ, mit ihren Englischkenntnissen zu protzen. Als ob die anderen den Satz nicht auch ohne sie verstanden hätten!

Die Pferdemädchen wichen zurück. Sue stürmte mit hochrotem Kopf aus dem Büro. Zwei atemlose Polizeibeamte folgten ihr.

„Kommen Sie, worauf warten Sie noch?", rief Sue den Männern über die Schulter zu und stolperte dabei fast über Washington. Es war wirklich erstaunlich, wie der Hund es schaffte, immer genau dort zu stehen, wo man ihn gerade nicht brauchen konnte.

Sue hastete über den Hof zum Stall, die Polizisten eilten hinterher und die sechs Freundinnen folgten neugierig.

„Sehen Sie? Alles in bester Ordnung." In der Stallgasse breitete Sue beide Arme aus wie eine Sängerin auf einer Showbühne. Allerdings waren alle Boxen leer. Nur Janko hatte seinen Kopf tief in die Futterkrippe gesenkt und malmte Heu.

„Wo sind denn die Tiere?" Der kleinere Beamte strich sich irritiert über den Schnurrbart.

„Auf der Weide, wo sonst?", gab Sue zurück. „Oder soll ich sie bei diesem Wetter etwa im Stall lassen?"

Der Polizist hob entschuldigend die Hände. Sue

stürmte aus dem Stall, die rotblonden Locken wehten hinter ihr her wie Flammen.

Die beiden Beamten wechselten einen Blick. Der Größere zuckte mit den Schultern. Bloß nicht reizen, sagte sein Gesichtsausdruck. Dann wollte er Sue folgen und stolperte über Washington.

„Verdammt! Kann mal jemand dieses Kalb an die Leine nehmen?“ Er starrte die Pferdemädchen so drohend an, als wollte er sie allesamt verhaften.

Ayla zog den Hund am Halsband aus dem Weg und streichelte ihm über den Kopf. „Sei schön brav, Washington. Sonst machst du alles nur noch schlimmer.“

Washington wedelte freundlich und ließ sich direkt vor dem Stallausgang fallen, sodass die Mädchen über seinen Rücken steigen mussten, um nach draußen zu kommen.

Die Prozession führte hinunter zur Weide, wo neun wohlgenährte, zufriedene Pferde und ein kleiner Esel grasten, in die Sattelkammer, die ausnahmsweise einmal aufgeräumt war, durch die Scheune in den Schuppen und schließlich in die Futterkammer.

Dort wurden die beiden Polizeibeamten fündig.

„Was ist das denn?“, fragte der Schnurrbart und zeigte angewidert auf die Schimmelschicht, die auf dem Sack mit dem Pferdemüsli wucherte wie Moos.

„Das Futter ist verdorben“, konstatierte sein Kollege und zückte sein Notizbuch.